LÉGENDES

DE

FONTAINEBLEAU

PAR

Mme JULIE O. LAVERGNE

PARIS, CHARAVAY FRÈRES ÉDITEURS

51 rue de Seine

1880

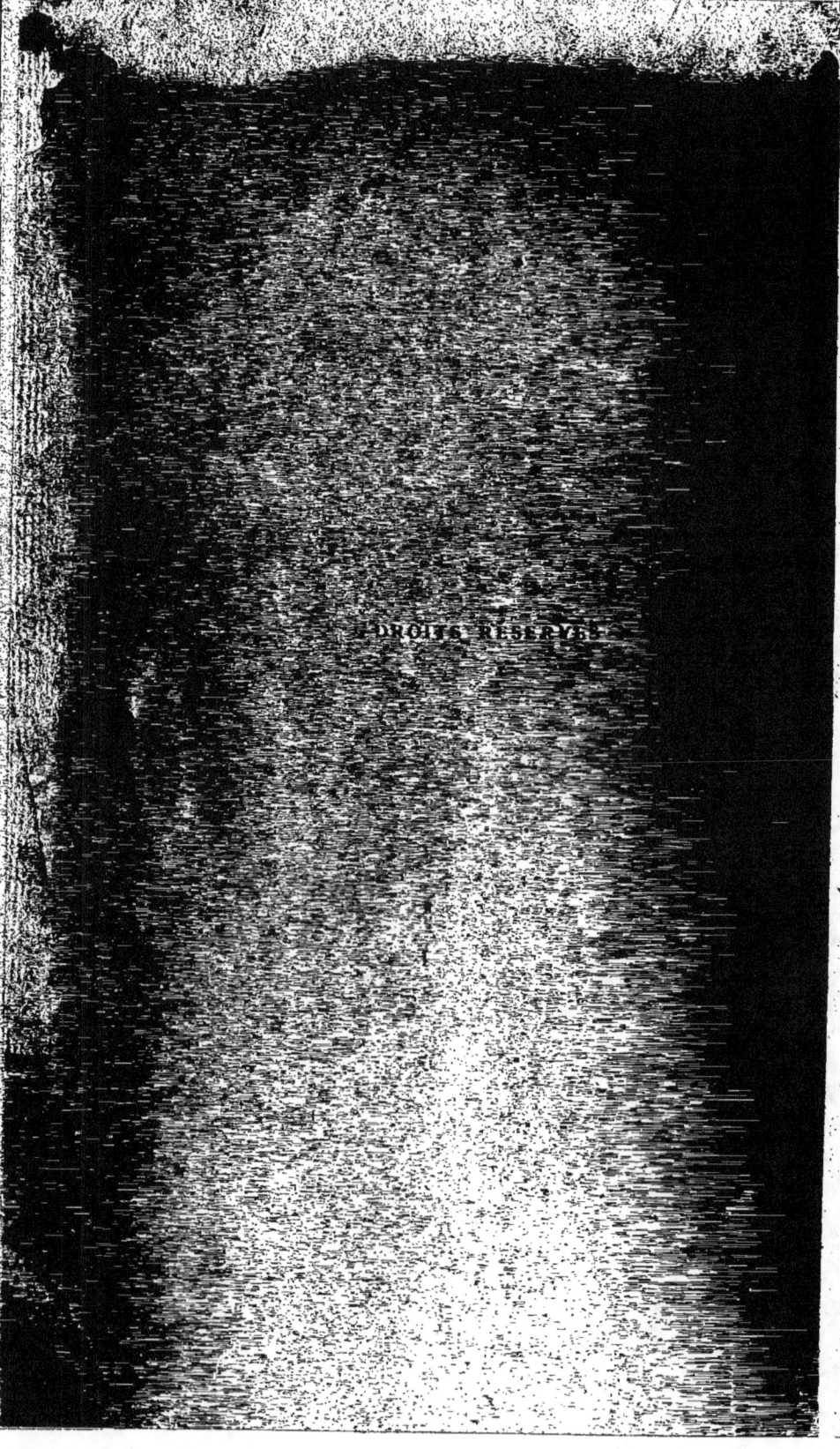

LÉGENDES

DE

FONTAINEBLEAU

LÉGENDES

DE

FONTAINEBLEAU

PAR

Mme JULIE O. LAVERGNE

PARIS. CHARAVAY FRÈRES EDITEURS

51 rue de Seine

1880

CHRISTINE DE SUÈDE

A M. LE BARON N. C. DE BOGOUCHEVSKI.

CHRISTINE DE SUÈDE

I

FONTAINEBLEAU

*Chi l'ha scritta non lo sa, chi lo sa
non l'ha mai scritta (1).*

Lorsque Christine, reine dè Suède, vint en
France pour la première fois en 1656 après avoir
abdiqué en faveur de son cousin le prince Charles-
Gustave, elle revenait de Rome; sa récente
abjuration du luthéranisme et tout ce que la

1. Note écrite de la main de la Reine de Suède sur la page 141
du tome premier de la Biblioteca Hispana. (Rome 1672) au
sujet de l'ouvrage de Dom François della Cartera, intitulé *Con.
vercion de la reina de Suecia in Roma 1656.* —

renommée publiait de sa science universelle et
de son esprit merveilleux, avaient favorablement
disposé en sa faveur la reine Anne d'Autriche
et le cardinal Mazarin; aussi la princesse suédoise fut-elle accueillie avec les plus grands
honneurs. Le jeune roi Louis XIV envoya le
duc de Guise, et la Reine, M. de Guitaud de Com-
minges, son capitaine des gardes, la recevoir à la
frontière. La famille royale alla au-devant de
l'illustre voyageuse et la reçut d'abord au château
de Fayel, où Mme la Maréchale de la Motte Hou-
dancourt festoya magnifiquement toutes ces
Majestés. Les mémoires du temps abondent en
détails sur l'étrange effet que produisit la Reine
de Suède. Ses allures d'amazone, ses extravagances, ses jurons et son accoutrement à demi
masculin déplurent fort, en dépit de ses beaux
yeux, de la conversation spirituelle de cette reine
et du charme de la nouveauté, si agréable aux
Français. La reine Anne d'Autriche avec la bonté
indulgente qui la caractérisait, empêcha tant
qu'elle put que l'on tournât en ridicule la princesse suédoise, mais elle ne pouvait cacher l'évi-

dence et les incartades de cette « *princesse gothique* »
comme l'appelait Mme de Motteville, furent telles
qu'elle devint la fable de la cour. A la ville,
elle eut plus de succès. On fut émerveillé de
tout ce qu'elle savait sur la France, les intrigues
de la Cour, les plus intimes détails de l'histoire
des familles, etc. Elle fut aimable avec les uns,
rude et incivile avec les autres, et, en toutes
ses actions, elle se montra si insouciante des
bienséances, si bizarre et si capricieuse que rien
plus. On se lassa d'elle, et, une fois partie, on
ne tarda pas à l'oublier. Elle retourna en Italie,
et, lorsqu'après un séjour d'une année à Rome,
pendant lequel sa conduite fut souventes fois
blâmée des honnêtes gens et lui valut les remon-
trances paternelles du pape Alexandre VII,
Christine de Suède revint en France sans y être
invitée, elle reçut l'avis que le Roi Très-Chrétien
mettait le château de Fontainebleau à la disposition de sa Majesté suédoise, et la priait, jusqu'à
nouvel ordre, d'ajourner sa visite à Paris. Cet
affront blessa la princesse, mais au lieu de
quitter la France comme le soin de sa dignité

I.

l'eût voulu, elle résolut d'attendre à Fontainebleau, et de solliciter jusqu'à ce que les disposi-
tions de la Cour de France changeassent à son
égard.

Elle arriva dans cette résidence royale au
mois d'octobre 1657, en fort mince équipage, et
n'ayant avec elle qu'une douzaine de personnes.
Lorsque son écuyer, le beau Monaldeschi, lui
présenta la main pour descendre de carrosse,
elle se trouva en face d'un gros homme, qui, en
faisant un profond salut, lui souhaita la bienvenue d'un air fort respectueux, mais passa-
blement embarrassé.

— Qui êtes vous? lui dit-elle avec sa brus-
querie accoutumée : vous n'avez pas la mine
d'être gouverneur céans.

— Je ne suis qu'intendant, madame, dit le
gros homme fort modestement : je m'appelle
Blainville; Monsieur le Duc est retenu à Paris
pour le service du Roi, et il m'a donné l'ordre
de me mettre à la disposition de votre Majesté
en attendant qu'il puisse venir lui présenter
ses hommages.

— C'est bien! dit la reine; et qui sont ces gens qui bayent aux corneilles?

— Ce sont les domestiques du château, Madame.

— Qu'ils aillent à leurs affaires, dit Christine suis-je une bête curieuse pour qu'ils me dévisagent ainsi?

— Madame, ils désirent offrir leurs respects et leurs services à votre Majesté.

— Qu'ils les gardent. Je n'ai besoin que de mes gens, si ce n'est pour le service de la table. Le dîner est-il prêt?

— On le sert à l'instant, Madame; Votre Majesté désire-t-elle entrer dans son appartement?

— Allons dîner! dit la Reine, j'ai une faim enragée.

Et sans vouloir secouer la poussière dont ses vêtements étaient couverts, la reine se hâta d'aller faire honneur au splendide repas préparé pour elle dans la galerie des Cerfs.

Sentinelli, son capitaine des gardes, Monaldeschi, quatre gentilshommes suédois et deux dames, l'une Italienne, l'autre Suédoise, qui ne se comprenaient pas l'une l'autre et qui se détestaient cordialement, dînèrent avec la reine. On n'avait mis qu'un couvert à sa table, selon l'étiquette française, et une seconde table pour les personnes de sa suite était dressée à l'autre bout de la galerie, mais Christine s'écria : — Me prenez-vous pour un pape, que vous prétendiez me faire manger seule? Et elle fit apporter sur sa table les couverts de ses domestiques (1)

L'intendant, le maître d'hôtel et les valets français servirent cette étrange compagnie non sans se faire les uns les autres des signes d'intelligence, et ils furent aussi choqués que possible, eux qui étaient accoutumés à admirer l'extrême propreté, la sobriété et les grâces élégantes des dames françaises, en voyant la reine de Suède, encore jeune et belle (2), faire un bruit effroyable

1. Au dix-septième siècle on appelait domestiques toutes les personnes faisant partie de la maison (*domus*) d'un prince, quelle que fût leur qualité. Ainsi Mademoiselle de Montpensier disait en annonçant son mariage avec Lauzun : « *J'épouse un de mes domestiques.* »

2. Christine de Suède avait alors 31 ans.

en avalant sa soupe, mettre ses coudes sur la table et manger et boire comme un dragon.

Sa perruque noire, ses gros souliers, son pour-point boutonné de travers, sa jupe mal attachée, l'épée et le baudrier de buffle qui brochaient sur le tout, complétaient le tableau, et, malgré le prestige qui s'attachait alors au titre de Reine, les valets attendaient avec impatience le moment de retourner à l'office pour rire tout à leur aise. Mais les Suédois et même les Italiens prenaient plaisir à prolonger le repas, si bien que la reine finit par s'impatienter et déclara qu'elle voulait visiter le château. — Venez avec moi, Monaldeschi, dit-elle à son écuyer.

— Je suis à vos ordres, Madame, dit-il. Il vida son verre, prit sur la table une poignée de bonbons, et se leva d'un air contrarié.

— Guidez-moi, Monsieur de Blainville, dit la reine à l'intendant.

Celui-ci qui venait de rester deux heures debout à regarder dîner sa Majesté suédoise, se fût volontiers passé de cet honneur. — Il essaya, du moins, d'abréger la corvée en ne conduisant la reine que dans une partie des bâtiments, et il lui fit observer que les grands appartements étaient fermés, les tapisseries roulées et les meubles recouverts de housses, comme on avait accoutumé de le faire quand la Cour n'était pas à Fontainebleau.

Et, afin de faire prendre patience à la reine, il la priait de considérer attentivement tantôt tel tableau, telle statue, et s'espaçait en explications détaillées, espérant que l'exercice qu'il donnait à sa langue abrégerait celui qu'on demandait à ses jambes. — Mais la reine coupait court à toutes les histoires du pauvre Blainville, et lui montrait qu'elle connaissait bien mieux que lui les richesses artistiques du château de Fontaine-bleau. Sa prodigieuse mémoire la servait si bien que sur aucun point l'Intendant ne put la surprendre en défaut. Avant d'entrer dans une pièce elle la lui décrivait : elle courait plutôt qu'elle ne marchait, ouvrant les portes, montant les escaliers quatre à quatre, et se mettant en colère dès que l'Intendant faisait mine de lui cacher quelque chose. — Enfin, essoufflé, n'en pouvant plus, il se laissa tomber sur un coussin, et s'écria en soulevant sa perruque pour s'essuyer le front : — Votre Majesté est une fée ; elle connaît le palais de Fontainebleau comme si elle l'avait habité pendant cent ans.

— Si j'étais fée je sais bien quelle métamorphose j'opérerais à l'instant sur cette grosse tête là, dit la reine à Monaldeschi. — Quels étourdis ! quels paresseux sont ces Français ! Ils ne connaissent pas leur propre pays. Lorsque je vins à Paris il y a un an et que je demandai à voir la fameuse agathe du trésor de la Sainte Chapelle, Archevêque, chanoines, docteurs et savants ne surent pas de quoi je voulais parler, et ils n'en étaient pas le moins du monde confus ; je les querellai tant qu'ils se mirent en quête et retrouvèrent dans le trésor de Saint Denis cette pierre gravée donnée à Charlemagne par l'Impératrice Irène. Ils furent alors très-contents, et m'admirèrent fort, mais sans songer à rougir de leur ânerie.

— Vous êtes un puits de science, Madame, dit Monaldeschi, et il n'est pas donné à tout le monde de vous ressembler. J'avoue, quand à moi, que je suis confondu de vous voir si instruite de tout ce qui existe à Fontainebleau de peintures, de tapisseries et de curiosités de toute sorte. D'où vient donc que Votre Majesté a étudié ainsi ce palais sans l'avoir jamais vu ?

— Tout d'abord, dit la reine, parce que j'aime à tout savoir, et de plus par ce que j'ai entendu dire un jour à cette précieuse de Madame de Motteville un mot qui avait piqué ma curiosité : Le Roi, Monsieur, et les demoiselles de Mancini jouaient au secrétaire dans la chambre de la Reine. Vous connaissez ce jeu, Monaldeschi ?

— Non, Madame, dit Monaldeschi : est-ce un jeu de cartes ?

— Point, dit la reine, c'est un jeu d'esprit, inventé, je crois, à l'hôtel de Rambouillet. Voici en quoi il consiste. Chaque personne qui joue est munie d'un papier et d'un crayon. Elle écrit en haut de sa feuille un nom propre, puis elle plie le papier, de manière à cacher ce nom, écrit au dessous la question : à quoi le ou la comparez vous ? et passe ce papier à son voisin de droite. Celui-ci répond, cache sa réponse, écrit le mot pourquoi ? et passe au troisième voisin qui répond. Le tour achevé, les papiers pliés sont remis à une personne discrète, nommée secrétaire. Elle les mêle, les déplie, les lit à haute voix, et les brûle ensuite. Le hasard amène quelquefois d'étranges et burlesques comparaisons. Un soir, j'entrais chez la Reine au moment où Madame de Motteville dépliant ces petits papiers, et ne me voyant pas, lut ces mots : A quoi ressemble la Reine de Suède ? — la réponse fut : Au palais de Fontainebleau !

Tout le jeune auditoire éclata de rire, et s'écria que la comparaison était d'une justesse admirable. Je me montrai alors, et j'insistai pour savoir en quoi, mais personne ne voulut me le dire. Je me promis alors de me rendre compte, par l'étude, du rapport qu'il pouvait y avoir entre Fontaineblau et moi.

— Et, avez-vous réussi, Madame? dit Monaldeschi en étouffant un baillement.

— Qui vous rend si hardi de me bailler au

nez, Monsieur, fit la reine. Allez vous coucher, je vous le commande.

— Je n'ai point baillé, dit Monaldeschi.

— Si fait bien, Monsieur, au surplus, je sais que vous deviez être couché comme un chien la nuit dernière dans cette méchante auberge de Sens. Allez faire une sieste. Je vais tourmenter encore un peu ce gros intendant. Allez : *felicissima notte, Signor.*

L'écuyer salua, et s'en alla retrouver ses compagnons.

— Ah ça! Monsieur de Blainville, dit la reine, en jetant un regard de mépris sur l'intendant, encore assis par terre. Aurez-vous bientôt fini de souffler comme une baleine échouée? Je désire maintenant connaître les habitants du château, et comme à tout seigneur tout honneur, je veux voir la petite fille de Minerve.

— Plaît-il ? fit l'intendant en se relevant péniblement et en ouvrant de grands yeux.

— La fille de Minerve, répéta la reine : pourquoi avez-vous l'air si ébaubi? est-ce qu'elle est morte ?

— Mais, dit l'intendant, je ne sais pas...

— Ah ! voilà le refrain des Français, dit la reine, je ne sais pas. Peuple ignorant, peuple insouciant, tout préoccupé de bagatelles, curieux de savoir ce qui se passe dans la lune, et ne connaissant rien de ce qui se fait chez lui ! — Comment ! vous, intendant du château de Fontainebleau, vous ne connaissez pas la fille de Minerve !

— Minerve était une déesse vierge, dit l'intendant, je ne pense pas qu'elle ait jamais eu fille ou garçon, à moins que... enfin, il ne faut jurer de rien...

— Et qui vous parle de la Déesse d'Athènes, Monsieur, dit la reine : je parle de cette belle personne que la reine Eléonore d'Autriche, seconde femme de François 1er, fit venir de Flandre pour travailler aux tapisseries du palais et que sa sagesse et son adresse merveilleuse firent surnommer Minerve. Je sais qu'elle a laissé une fille, mariée au baron de Mons, laquelle est morte en 1638, l'année même où naquit le roi régnant, et que la fille de cette fille, Julienne de Mons, habite encore ici et jouit au château de Fontainebleau de certains privilèges tout à fait uniques.

— Oh ! je comprends ! dit l'intendant : si la reine avait tout d'abord nommé Mlle de Mons je n'aurais pas hésité.

— Vraiment ! fit la reine : c'est fort heureux ! Hé bien, menez-moi chez elle ; je veux surprendre Minerve à son métier.

— J'y vais conduire la reine, dit l'intendant, mais je ne pourrai pas entrer avec elle dans l'appartement de Mlle de Mons. L'entrée en est formellement interdite aux hommes. C'est un privilège que sa grand-mère avait obtenu du roi et lui a transmis. — L'atelier qu'elle dirige forme dans le château comme une quasi communauté religieuse, Mlle de Mons elle-même est tertiaire de saint François et vit comme une sainte. La Reine a de grandes bontés pour elle. C'est Mlle de Mons qui lui dessine toutes ses tapisseries.

— Allons la voir ! dit la reine.

Blainville, la précédant, lui fit traverser un long dédale de galeries et de salles, descendre, remonter, et enfin s'arrêter tout en haut de l'escalier d'une tourelle située dans la plus ancienne partie du château, celle qui date du règne de saint Louis. Arrivé là, il désigna à la reine de Suède la porte de l'appartement de Mlle de Mons, et s'asseyant sur une banquette pour attendre le retour de sa Majesté, il ne tarda pas à s'endormir de fatigue.

La reine entra sans frapper et se trouva seule dans une grande pièce voûtée, toute environnée de coffres et d'armoires de chêne sculpté, et dont la croisée s'ouvrait sur la cour ovale, en face du baptistère de Louis XIII. Au milieu de cette salle, sur une grande table, une tapisserie à moitié déroulée et en très mauvais état semblait attendre des réparations nécessaires. Une porte ouverte en face de celle que la reine de Suède venait de franchir donnait accès dans l'atelier des tapissières. Christine s'en approcha : le bruit de son pas délibéré fit lever la tête à une très jeune fille qui travaillait près de la porte.

Le chapeau de feutre de la reine frappa d'abord ses yeux et elle s'écria : Mademoiselle ! voici un monsieur !

Une douzaine d'exclamations proférées par de jeunes voix se firent entendre, et Julienne de Mons se levant, vint vers le seuil, prête à congédier l'impertinent visiteur. — Elle était fort grande, belle encore, bien qu'elle ne fût plus jeune, et elle avait si grand air sous ses vêtements d'une sévérité presque monastique, qu'un spectateur, prévenu seulement que l'une des deux personnes qui se trouvaient en présence était reine, n'eût pas hésité à attribuer ce titre à la petite fille de Minerve. — Fixant sur la princesse suédoise ses grands yeux, où semblait se refléter le pâle azur du ciel de Flandre, Mlle de Mons lui demanda d'un air froid, mais avec une politesse parfaite, ce qu'elle désirait.

— Ce que je désire ? dit Christine, et parbleu ! c'est de vous voir. Je suis la reine de Suède.

— Sa Majesté me fait grand honneur, dit Mlle de Mons : je ne la savais pas encore arrivée à Fontainebleau. Veuillez entrer, Madame, car ici je n'ai point de siège à vous offrir.

Et s'effaçant en faisant une profonde révérence, elle fit entrer la reine dans son atelier. Dix jeunes filles y travaillaient, assises devant de grands métiers, toutes étaient revêtues de tabliers à manches en toile de Hollande. Sur une estrade était placé le métier de Mlle de Mons, sa chaise recouverte de velours vert, et le grand fauteuil où s'asseyait Anne d'Autriche quand elle visitait l'atelier. Mlle de Mons l'offrit à la reine de Suède et resta debout auprès d'elle. Toutes les jeunes filles s'étaient levées. Sur un signe de Mlle de Mons elles se remirent à l'ouvrage après avoir salué la reine. On eût entendu voler une mouche : l'ordre le plus parfait régnait dans cette chambre, dont le seul ornement consistait en un petit autel orné de fleurs fraîches et portant une statue de la sainte Vierge.

— Que font ces jeunes filles ? dit la reine.

— Elles entretiennent et réparent les tapisseries de la couronne, Madame, dit Julienne de Mons.

— Sont-elles de qualité ?

— Oui, Madame, pour la plupart ; deux sont mes nièces, les autres appartiennent à des familles attachées depuis longtemps au service de nos rois.

— Et sont-elles sages ? demanda Christine. Devant les reines, je n'en doute pas, mais ordinairement ?

— Elle vivent en présence de la reine que voici, dit Mlle de Mons, en montrant la statue de la sainte Vierge, et, grâce à Dieu, elles sont très sages.

— Je voudrais leur faire plaisir, voulez-vous pour ma bienvenue leur accorder un congé d'un mois ?

— S'il plaît à la reine, dit Julienne en souriant, nous nous contenterons de deux heures, c'est assez. Allez, mes filles, l'heure du goûter va sonner. Vous pourrez vous amuser dans la galerie jusqu'au souper.

Elles se levèrent toutes, firent la révérence, et s'en allèrent conduites par la plus âgée de la troupe, qui pouvait bien avoir vingt ans.

A peine furent-elles sorties que la reine, jetant à terre son chapeau et croisant ses jambes, se mit à fredonner en regardant au plafond. Julienne la considérait avec un étonnement que toute sa politesse dissimulait à peine.

— Asseyez-vous, Minerve ! lui dit la reine : foin de l'étiquette entre nous : Je suis reine, mais j'ai abdiqué. Vous êtes une simple mortelle, mais vous avez la mine et le surnom d'une déesse. Donc, nous allons, s'il vous plaît, nous parler sur le pied d'une agréable égalité. Je sais que vous avez l'estime de la Reine de France, que votre conduite a toujours été irréprochable, et, chose bien plus rare et plus merveilleuse encore, que vous êtes franche et véridique en toutes vos paroles.

— Oserai-je demander à la reine d'où lui viennent sur mon compte de si flatteuses informations? dit Mlle de Mons.

I..

— De quelqu'un de parfaitement au courant de tout ce que vous avez jamais dit et fait, Mademoiselle, dit la reine. En voulez-vous une preuve? qui était cette jeune fiancée de seize ans qu'abandonna lâchement Aymard de Thomery?

Julienne pâlit d'abord, puis une larme brilla dans ses yeux. Elle s'assit et, regardant la reine en face, elle lui dit : « Qui elle était, Madame? une fille noble, qui dédaigna la vengeance qui lui était offerte par la reine de France elle même, et, dont le cœur accablé d'abord, sut se relever, pardonner, et oublier, et a depuis longtemps trouvé la paix. — Je m'étonne, ajouta-t-elle après un silence, je m'étonne que la reine se plaise à me rappeler un passé douloureux ; à tout le moins c'était chose inutile.

— Pardonnez-moi, dit Christine ; j'ai eu tort, j'ai cédé à l'orgueilleux plaisir de vous montrer que je savais tout.

— Il y a bien des choses que vous ignorez, Madame, et tout humble et peu savante que je suis je pourrais peut-être vous en apprendre quelques unes plus nécessaires à votre bonheur

temporel et éternel que ces sciences dont vous
êtes si fière.

— Aussi suis-je bien décidée à venir m'instruire à votre école, fille de Minerve ! s'écria la
reine reprenant le ton moitié brusque moitié
plaisant qui lui était habituel : je prétends vous
interroger sur plusieurs points. Et, d'abord, est-
il vrai que vous ne vous ennuyez jamais ?

— C'est vrai, dit Mademoiselle de Mons, parfaitement vrai.

— Et comment faites vous pour cela ?

— Je prie, je travaille et je combats, Madame !

— Vous combattez ! vous avez donc des
ennemis ? s'écria la Reine.

Plusieurs coups répétés précipitamment à la
porte de l'escalier interrompirent la reine.
Mademoiselle de Mons alla ouvrir, et vit l'Intendant fort ému, ayant avec lui deux laquais
pâles et tremblants.

— Pour Dieu, dit Blainville, que la reine
vienne mettre le holà ! Ses gentilshommes se
battent, ses dames crient comme des orfraies, et
personne n'entend rien à leur patois.

— J'y vais! dit la reine qui avait suivi Mademoiselle de Mons. Ce n'est rien; après boire ils font souvent de ces frasques, mais je vais les mettre à la raison. — A demain, Minerve : Je ne vous tiens pas quitte.

Et elle redescendit avec Blainville et les valets effrayés.

Le lendemain, dès le matin, la reine voulut aller se promener à cheval dans la forêt. Elle y courut pendant plus de trois heures, s'amusant beaucoup des mésaventures de Blainville, qui, monté sur un tout petit cheval que son poids éreintait, restait toujours en arrière et s'essoufflait à crier : — Madame, vous allez vous égarer. N'allez pas de ce côté, il y a des vipères. Prenez garde : dans ce fourré, à droite, on a vu hier un loup!

L'heure du dîner approchait et Monaldeschi et Sentinelli, d'accord pour cette fois, prièrent la reine de revenir au château. Ayant elle-même bon appétit, elle n'y contredit point, et l'intendant et les deux gardes forestiers qui guidaient la cavalcade se hâtèrent d'indiquer le plus court chemin.

Mais à peu de distance du château, dans une

jolie clairière pleine de bruyères roses et de
digitales encore en fleur, un agréable spectacle
s'offrit aux regards de la reine de Suède. Une
vingtaine de dames et de jeunes filles élégamment
et simplement vêtues, assises sur le gazon autour
d'une grande nappe blanche, s'apprêtaient à
faire honneur à un champêtre repas. Un pâté
de venaison, deux grandes corbeilles de chasselas,
des poires, des pêches, force petits pains et
gâteaux à la crême, composaient le festin. La
source voisine fournissait la boisson, car, en ce
temps là les femmes bien élevées ne buvaient que
de l'eau, et soixante ans plus tard Madame de
Maintenon le rappelait aux Demoiselles de Saint-
Cyr, en déplorant l'usage contraire qui commençait à prévaloir.

Malgré l'absence des flacons, l'ordonnance de
ce festin charma la reine, et, reconnaissant
Mademoiselle de Mons parmi les convives, elle
dirigea son cheval vers elle, et lui dit à haute
voix : — Voulez-vous que je dîne avec vous, très
illustre Minerve ?

Les compagnes de Mademoiselle de Mons se

I...

levèrent, et Julienne s'avançant vers la royale
amazone l'assura que ces dames et ces demoiselles seraient charmées de l'honneur que la reine
de Suède voulait bien leur faire : — Mais, ajouta-
t-elle à voix basse, la suite de la reine de Suède
est un peu......

— Grossière et malapprise ? dit la reine, je le
sais. Je ne prétends pas vous l'imposer. D'ailleurs
je suis ravie d'être débarrassée d'eux. Je vais les
expédier lestement.

Et, appelant Monaldeschi, elle sauta à bas de
son cheval, dit à son écuyer de l'emmener au
château, et déclara qu'elle n'y retournerait
qu'avec Mademoiselle de Mons et à pied. —
Allez dîner, Monsieur, reprit-elle, et surtout,
pas de querelle, ou je vous punirai.

— Vous me punissez déjà en me privant de
votre présence, Madame, dit Monaldeschi : ne
pourrais-je rester avec vous ?

— Non, dit la reine, vous effaroucheriez ces
précieuses, et vous n'auriez que de l'eau à boire.
Allez vous en, cela vaudra mieux. A ce soir !

Et lui tournant le dos, elle alla prendre place

parmi les amies de Mademoiselle de Mons, tandis que les cavaliers s'éloignaient. —

Personne mieux que Christine de Suède ne savait être aimable à l'occasion. Il lui prit fantaisie de plaire à cette modeste compagnie de femmes bien élevées et d'enfants innocentes, et elle déploya son esprit et son adresse pour les charmer, comme elle l'avait su faire un an auparavant pour capter les bonnes grâces du Cardinal Mazarin et de la famille royale de France.

Intimidées d'abord, les convives se mirent bientôt à l'aise, et, le dîner fini, l'on dansa aux chansons le plus gaiement du monde, jusqu'au moment où le soleil, près d'atteindre l'horizon, lança ses derniers rayons sous les avenues de la forêt, tandis que le croissant de la lune apparaissant au ciel avertit les promeneurs qu'il était temps de rentrer au logis.

En y arrivant, la reine de Suède se rendit

dans sa chambre et y trouva ses deux dames, Ulrique de Stralsund, et Leonora Monaldeschi, qui se querellaient selon leur habitude. La première ne parlait que suédois, la seconde qu'italien, mais les injures qu'elles se disaient ne laissaient pas de porter coup, traduites qu'elles étaient par les regards furieux et les gestes méprisants qui forment le langage universel des gens de méchante humeur. La reine les gronda, chacune en sa langue, puis les renvoya dans leurs chambres, disant qu'elle aimait mieux se déshabiller seule que d'être servie par des furies. Puis elle se fit apporter pour son souper un perdreau, des becs-figues et un flacon de vin d'Espagne, et dit à Blainville qu'il eût à éclairer la bibliothèque parce qu'elle voulait y passer la soirée toute seule. — L'intendant fut heureux de penser qu'il pourrait se coucher de bonne heure. La veille au soir, la reine l'avait promené dehors sans miséricorde jusqu'à minuit passé, disant qu'elle voulait absolument rencontrer le grand veneur, ce fantôme qui chasse à cor et à cris la nuit dans la forêt de Fontainebleau, et que personne n'a jamais vu, bien que tout le monde assure l'avoir entendu.

Blainville fit donc allumer un bon feu et force bougies dans la bibliothèque, posta dans le salon voisin deux valets chargés d'éteindre les lumières quand Sa Majesté se retirerait, et se hâta lui-même d'aller dormir.

Christine ne tarda pas à se rendre dans la bibliothèque. Sans s'arrêter à considérer les splendides reliures et les livres rassemblés par François Iᵉʳ, Henri II et Henri IV, elle tira d'un grand coffre les liasses poudreuses et jaunies des plans et des dessins qu'avaient tracés jadis Serlio, Nicolo dell Abbate, le Primatice et le Rosso, sur l'ordre des rois, et qui avaient servi à construire et à orner le palais de Fontainebleau. Tout en les examinant avec soin, la reine prenait des notes et consultait souvent un petit manuscrit qu'elle avait tiré de sa poche. Et l'étude de ces plans charma tellement la Reine de Suède que deux heures du matin étaient sonnées et les bougies presque consumées, lorsqu'elle se décida enfin à se retirer dans son appartement.

LA TAPISSERIE DES REINES

Grâce à son infatigable activité la reine de Suède eut bientôt épuisé tous les sujets de distraction que pouvait lui offrir Fontainebleau. Quand elle eut visité tous les coins et recoins du château, chassé, pêché, parcouru la forêt en tout sens, et fait gagner la fièvre tierce au pauvre Blainville en le promenant au serein, la reine fut prise d'un ennui mortel. Les pluies d'automne commencèrent, et la longueur interminable des soirées s'ajouta à la monotonie et à la tristesse des jours. Christine écrivait toutes les semaines au Cardinal, à la Reine, et les pressait de la laisser venir à Paris; mais elle n'obtenait que des réponses tardives, vagues, et peu encourageantes. « On préparait son appartement au Louvre, on l'avertirait dès qu'il serait ajusté, etc. » Les courtisans, voyant fort bien que la Princesse errante n'était pas en faveur, ne venaient pas la voir.

Louis XIV vint lui faire une courte visite. Il avait alors dix-neuf ans, et sa timidité de jeunesse jointe à l'inaccessible majesté qui semblait née avec lui, tinrent si bien à distance la princesse Suédoise, toute hardie qu'elle fût, que l'entrevue se passa avec une froideur et une réserve glaciales.

De temps à autre Christine de Suède faisait de courtes visites à l'atelier des tapisseries, mais elle ne s'y plaisait guères, parce que Mlle de Mons, qui détestait le langage trop libre de la Reine, s'arrangeait de manière à n'être jamais seule avec elle, et semblait décidée à éviter toute conversation confidentielle. Sa réserve, ses manières calmes, étonnaient et impatientaient Christine : cette belle personne lui semblait être un livre fermé qu'elle ne pouvait réussir à feuilleter, et, en même temps, elle ressentait pour Mlle de Mons un respect sympathique, une sorte d'attrait qui lui faisait souhaiter de conquérir l'estime de la fille de Minerve.

L'humeur de la reine s'assombrissait de plus en plus. Elle recevait souvent des lettres de Rome et de Stockholm, et, à chaque nouveau courrier, on remarquait dans sa petite cour un redoublement de zizanie. Tantôt la Reine avait de longs entretiens avec Monaldeschi et sa sœur, la belle Leonora, tantôt elle passait des journées entières sans leur parler, mangeait seule, ou s'allait promener dans la forêt avec Sentinelli et la comtesse Ulrique. Puis les Monaldeschi reprenaient faveur jusqu'à ce qu'un nouvel orage fît tourner la girouette royale.

Les domestiques du palais s'amusaient de ces brouilleries; l'intendant formait les souhaits les plus sincères pour le prompt départ de Sa Majesté suédoise, et Julienne de Mons était peut-être dans tout le château la seule personne qui ne s'informât ni ne se souciât des ridicules et des extravagances de l'illustre princesse.

Un jeudi, la reine ayant vu de ses fenêtres les jeunes filles de l'atelier partir pour la promenade sous la conduite d'une vieille gouvernante, monta chez Mlle de Mons, et, comme elle l'espérait, la trouva seule.

— Enfin ! s'écria-t-elle, je pourrai causer avec vous, déesse aux yeux pers ! mais d'abord que faites vous-là, et quelle est cette magnifique tapisserie?

— Je prépare de l'ouvrage pour vous, Madame, dit Mlle de Mons, et ceci est la tapisserie appelée la tapisserie des Reines. Commencée par Eléonore d'Autriche d'après un dessin du Primatice, elle fut continuée par Marie Stuart, longtemps abandonnée, puis reprise par Sa Majesté Très-Chrétienne, notre bonne reine Anne d'Autriche. La reine d'Angleterre Henriette-Marie, lorsqu'elle vint à Fontainebleau, il y a treize ans, y voulut travailler, et j'espère que la reine de Suède, daignera bien y faire aussi quelques points.

— Ce seraient les premiers de ma vie, dit Christine : Jamais je n'ai su enfiler une aiguille. Mais je veux l'apprendre. Il ne sera pas dit que

j'aurai volontairement ignoré quelque chose.
Voyons cette tapisserie.

C'était une grande pièce de canevas suffisante
pour couvrir un lit. Tout le fond était ouvré en
fil d'or, un peu bruni par le temps, et des
rinceaux d'arabesques, des guirlandes de fleurs
et de fruits mêlés à des attributs de musique,
de guerre et de chasse, et nuancés des plus
belles soies d'Orient, les uns terminés, les autres
dessinés seulement, ressortaient sur ce fond
mordoré. Le milieu présentait un médaillon vide
où le canevas était resté intact.

— Que mettrez-vous là ? dit la reine.

— Un sujet à figures, dit Julienne, mais il
n'est pas encore choisi. La Reine hésite entre
plusieurs dessins, et les avis sont fort par-
tagés.

— Pourquoi le Primatice n'avait-il pas com-
plété son dessin ? demanda Christine.

— Il l'a fait, Madame, reprit Mlle de Mons,
mais le sujet qu'il a dessiné n'était pas décent,
et Sa Majesté Très-Chrétienne l'a fait porter au
Cabinet des estampes, disant qu'une tapisserie

brodée par des reines devait avant tout témoi-
gner de leur modestie.

— Je la reconnais bien là, dit Christine; on
dit cependant qu'Anne d'Autriche ne fut point
cruelle au duc de Buckingham et à quelques
autres.

— Ceux qui le disent en ont menti! s'écria
Julienne, en devenant pourpre d'indignation.
Notre reine est l'honneur de son sexe, et si vous
n'étiez reine vous-même, Madame, après un tel
propos, je ne vous parlerais de ma vie.

— Je suis fort aise d'être reine, alors, Mademoiselle, dit Christine; soyez assurée que je
tiens non seulement à votre conversation, mais
à votre estime. La reine de France est heureuse
d'avoir des serviteurs tels que vous. — Je suis
moins bien partagée. — Du reste, croyez-le bien,
j'ai le plus profond respect pour Sa Majesté, et
ce que j'ai dit n'était que pour vous mettre à
l'épreuve. Voyons, enseignez-moi à manier l'aiguille. Je veux absolument travailler à cette
tapisserie.

Mlle de Mons offrit un dé à la reine, et lui

montra comment on enfilait une aiguille. Christine de Suède s'appliqua avec l'énergie qu'elle mettait à toute chose et parvint à faire quelques points passables. Mais elle se lassa bien vite, tout en déclarant qu'elle finirait pour sûr la fleur commencée.

— Montrez-moi, dit-elle à Mlle de Mons, quelle partie de cette tapisserie a été brodée par Marie Stuart.

— La voici, dit Mlle de Mons, en lui désignant un trophée d'armes enguirlandé de roses et de lauriers.

La reine le considéra avec émotion, et, posant le doigt sur une hache qui faisait partie de la panoplie : — Infortunée princesse ! dit-elle, elle ne se doutait pas qu'elle retraçait là l'instrument de son supplice ! C'était une grande reine, au fond, malgré les légèretés, les folles aventures qu'on lui prête. Elle est morte en héroïne.

— Dites en martyre, madame, reprit Mlle de Mons, on sait bien que la reine Élisabeth la fit périr surtout en haine de la religion catholique.

— Peut-être bien, dit Christine, mais ce que

j'aime en Marie Stuart, c'est qu'elle a refusé de répondre à ses juges et leur a dit qu'étant reine elle n'avait de compte à rendre qu'à Dieu seul. C'était la vérité. Qu'en dites-vous, Minerve?

— Je dis, reprit Mlle de Mons, que les rois ont un compte terrible à rendre à Dieu, car au mal qu'ils font s'ajoute celui que produisent leurs exemples. Le ciel est difficile à gagner pour eux.

— C'est vrai, dit Christine, et leur vie terrestre est loin d'être heureuse, comme le croit le vulgaire. Ah! si vous saviez ce qu'est la vie d'une reine, même d'une reine qui a déposé sa couronne, et qui ne veut plus régner que sur un petit nombre de serviteurs! sur un seul, peut-être!

— Je ne sais pas ce qu'est la vie d'une reine, Madame mais je sais ce que doit être la vie d'une chrétienne. *Servire Deo regnare est.*

— Vous savez le latin, s'écria la reine, Ah! je m'en doutais. Savez-vous aussi l'italien et l'espagnol?

— Oui, madame, mais là s'arrête ma science, et c'en est déjà trop pour une pauvre demoiselle vouée à faire de la tapisserie toute sa vie et qui ne souhaite rien autre chose.

— Vous êtes donc contente de votre sort? dit la reine.

— Oui, madame.

— Et vous ne souhaitez pas d'en changer?

— En aucune façon.

— Décidément vous êtes une merveille, dit la reine, quant à moi, je meurs d'ennui, je suis lasse de toutes choses. Partout où je croyais atteindre des sommets, j'ai trouvé le vide, l'abîme, le néant. Reine à cinq ans, douée de tout ce qu'on envie, j'ai fini par jeter le sceptre qui fut mon premier jouet, j'ai voulu être libre, j'ai essayé de tout : sciences, beaux-arts, voyages, fêtes, galanterie.....

— Il ne me conviendrait pas d'entendre la confession de la reine de Suède, dit Mlle de Mons : l'*Angelus* sonne, Madame, disons-le, je vous prie.

Elle s'agenouilla : la reine se leva, et fit un signe de croix peu symétrique. Elle marmotta la prière et dès que Julienne l'eut finie, elle lui dit :

— J'ai regardé hier à la bibliothèque une estampe qui m'a plu et que je voudrais voir reproduire dans la tapisserie des reines. Je vais la chercher. Faites apporter des lumières car le jour s'en va rapidement. Et elle s'éloigna, laissant Mlle de Mons peu édifiée, mais intéressée malgré elle par l'étrange et bizarre caractère de cette reine fantasque.

Lorsque Christine de Suède revint, la lampe était allumée et placée sur une petite table près de la cheminée où flambait un bon feu de souches et de sarments. La reine fit asseoir près d'elle Mlle de Mons, et, déroulant la gravure qu'elle tenait, l'étendit sur la table. C'était une belle épreuve de la *Mélancolie* d'Albert Durer.

— Regardez cela, dit Christine de Suède : Vous n'y trouverez pas les grâces mignardes de vos peintres français, ni la beauté, la sereine majesté ou les molles élégances des maîtres d'Italie, mais si quelqu'un a su fouiller les profondeurs mystérieuses de l'âme humaine, et le symbolisme des choses, c'est le vieux maître allemand. Son burin traduit et grave sur l'acier en traits implacables ce gémissement des créatures dont parle saint Paul, et le *sunt lacrymæ rerum*, de Virgile. Jamais il n'a été plus terrible, plus expressif que dans cette composition. Regardez-la, Julienne, qu'y voyez-vous?

— Tout un monde, dit Julienne, mais il en est d'autres que celui-là. — Et vous-même, Madame, qu'y voyez-vous ?

— Regardez cette figure, dit la reine. C'est une femme, mais elle paraît avoir la force d'un homme. Son front porte une couronne triomphale : à sa ceinture sont suspendues la bourse et les clefs, symbole de richesse, attributs de Marthe et de la vie active. Elle tient un compas ouvert, un livre fermé. Ses robustes épaules sont pourvues d'ailes ; pourtant elle reste assise, la tête appuyée sur sa main. Près d'elle les outils, les attributs des sciences et des métiers, le feu, ce don uniquement dévolu à l'homme.

Des chiffres cabalistiques, un limier endormi,
des balances, un génie familier qui écrit, assis
sur une meule de pierre, une cloche, un sablier
qui dit : tout passe : et là bas, à l'horizon, sous
un météore étrange, le soleil se couche et va
disparaître dans la mer. — Et, comme s'il eût
pensé qu'on ne devinerait pas le mot de l'énigme,
Albert Durer l'a tracé là, et sur la banderolle
qu'emporte dans l'espace une hideuse chauve-
souris, il a écrit le mot *Melencolia*.

Cette figure puissante et triste, c'est la
Mélancolie, c'est la lèpre qui ronge l'âme et lui
fait souhaiter souvent d'être anéantie. Dites,
avez-vous jamais vu rien de mieux exprimé,
de plus complet que ce dessin du maître de
Nuremberg?

— Albert Durer a exprimé ce qu'il a voulu
dire, Madame, mais il n'a pas tout dit, et il a
eu tort de couronner cette personnification
de l'ennui. L'âme qui s'ennuie est une âme
lâche. Si tout devait finir ici-bas, certes les
sciences, le travail, le combat, seraient vains, et
il faudrait s'asseoir et pleurer sans déployer ses

ailes. Mais l'aile de nos désirs doit nous porter vers Dieu ; l'étude de ses œuvres doit nous le faire aimer, et nous devons agir, prier et combattre pour mériter la couronne, pour arriver à la patrie, au ciel !

— Combattre ! dit la reine, combattre? et contre qui ?

— Contre nous-même, Madame : eussions-nous conquis le monde entier, s'il reste en nous quelque chose de plus fort que nous, nous ne sommes que de misérables esclaves.

— Vous avez raison, dit la reine, mais je me reconnais trop dans cette figure de la Mélancolie pour accepter les reproches que vous lui faites. Du reste, il est inutile de raisonner davantage là-dessus : vous m'assommeriez de catéchisme, et il n'est question ici que de philosopher. Ce que je voulais vous dire, Julienne de Mons, c'est que ce sujet me paraît convenir pour remplir le médaillon de la tapisserie des reines. Assurément il n'offusquerait la préciosité de personne.

— Non, dit Mlle de Mons, mais le style

d'Albert Durer ne s'ajusterait en aucune façon avec les arabesques du Primatice. — Qu'à cela ne tienne, : Monaldeschi, qui est fort habile peintre, nous fera une copie de la gravure où il mettra toute la *morbidezza* italienne qu'il faudra, et il donnera mes traits à la Mélancolie. Nous proposerons ce dessin à la Reine Très Chrétienne, et cela me fournira l'occasion de lui écrire. Qu'en dites vous ?

— C'est un projet qui pourra réussir, dit Julienne : voici les dimensions du médaillon.

Et elle remit à Christine une feuille de vélin sur laquelle était tracé l'encadrement.

Tout entière à la conversation, la reine oubliait que l'heure du souper était venue, mais la comtesse Ulrique, qui avait bon appétit, vint elle-même rappeler à Sa Majesté que la table était servie depuis longtemps. Christine se rendit à l'invitation de sa camériste, mais avant d'aller souper, elle fit venir Monaldeschi, lui remit la gravure et la feuille blanche et lui donna ses instructions en lui ordonnant de se mettre à l'œuvre le plus tôt possible.

Trois jours après le dessin de Monaldeschi était à peine commencé. La reine s'emporta, lui fit de violents reproches, et lui commanda d'y travailler sans relâche et d'avoir à le lui présenter le lendemain à midi, entièrement terminé, dût-il passer la nuit au travail.

— Rappelez-vous nos conventions, lui dit-elle; l'année n'est pas finie, et j'entends pousser l'épreuve jusqu'au bout; il faut m'être soumis et fidèle en tout, dans les petites comme dans les grandes occasions, sinon vous perdrez la récompense promise.

— J'obéirai, Madame, dit Monaldeschi; mais Votre Majesté a parfois d'étranges caprices. Cette image tudesque est affreuse, et jamais je n'en ferai quelque chose de présentable.

— Vous êtes bien hardi, Monsieur, de parler ainsi d'un chef-d'œuvre admiré par votre souveraine. Votre goût est le plus sot du monde. Au surplus, il m'importe peu, mais je veux que le dessin soit beau. Voici mon portrait. Copiez-le. Vous m'avez dit mille fois que j'étais belle. Mentiez-vous?

— Certes non, Madame, dit Monaldeschi; ce n'est pas moi qui nierai jamais le pouvoir de vos yeux, vous le savez, hélas!

La reine regarda un instant en silence le bel Italien, et ce regard altier lui fit baisser les yeux. Malheur à vous si vous me trompez! murmura-t-elle les dents serrées. Puis elle s'éloigna, et dès qu'elle fût sortie de la chambre de Monaldeschi, celui-ci se remit à dessiner.

La porte que la reine venait de refermer avec violence, s'entr'ouvrit doucement cinq minutes après, et Leonora Monaldeschi avançant sa tête, demanda à voix basse : — êtes vous seul, mon frère? — Tout seul, Dieu merci! fit Monaldeschi : la reine vient de s'en aller, plus enragée que jamais. Viens près de moi, ma belle Leonora, que je me délasse un instant à te regarder. Croirais-tu que cette folle veut me faire dessiner son vilain visage à la place de celui-ci, non moins affreux, du reste! Quel supplice d'être asservi comme je le suis! Tu viendras ce soir, n'est-ce pas?

Leonora croyait avoir refermé la porte, mais elle était restée entr'ouverte sous la portière de velours, et la reine qui venait pour stimuler encore Monaldeschi, entendit ces derniers mots. Elle s'arrêta sur le seuil, pâlit et chancela. Mais se redressant avec une sorte de violence, elle s'éloigna sans bruit et alla s'enfermer dans son appartement.

Quelques minutes après, elle fit appeler Sentinelli : — Capitaine, lui dit-elle, puis-je compter sur vous pour me venger?

— Toujours, partout, je le jure! dit Sentinelli la main sur le pommeau de son épée. — C'est bien, dit la reine, je vous jure à mon tour que je ne vous demanderai rien que de juste, rien que de conforme à mon droit royal. Et si je condamne, ce sera après avoir examiné, entendu, vu par moi-même, et personne au monde que moi ne sera responsable. Remettez-moi ces lettres que je n'ai pas voulu lire... ces lettres de Monaldeschi ! reprit-elle avec effort.

— Les voici, dit Sentinelli.

— C'est bien. Demain à midi, dans la galerie des Cerfs, je vous parlerai. Laissez-moi.

Elle appela Ulrique, se fit recoiffer, mit du rouge, s'ajusta un peu mieux que de coutume, et, affectant un air de gaîté, dit qu'elle allait passer l'après-midi chez Mlle de Mons, et qu'elle désirait qu'on y portât une collation.

Arrivée chez Julienne, la reine se mit en devoir de broder, et, après bien des essais, termina la fleur commencée quelques jours auparavant. Elle chanta, rit, raconta des histoires, et voulut elle-même faire les honneurs de la collation que le maître d'hôtel avait fait apporter dans des corbeilles au seuil de l'appartement de Mlle de Mons.

Julienne était émerveillée de l'amabilité de la reine. Après le goûter, celle-ci l'emmena dans l'embrasure d'une croisée et lui dit : J'ai une faveur à vous demander, sage et discrète Minerve. Faites-moi visiter le cabinet des échos.

Julienne resta stupéfaite. — La Reine seule a pu vous en parler, Madame, dit-elle, et cela m'étonne.

— Je sais où il est, dit Christine de Suède : je sais que Marie de Médicis en confia la clef à votre mère, pendant la minorité de Louis XIII, et, comme à la seule personne qu'elle crut capable de soustraire cette clef au cardinal de Richelieu. Votre mère vous l'a laissée en dépôt, sur l'ordre exprès d'Anne d'Autriche. Montrez-moi ce cabinet. Foi de reine je n'en parlerai à personne. Je suis extravagante, j'ai commis bien des fautes, mais jamais je n'ai manqué à ma parole.

— Et moi, Madame j'ai promis de ne révéler à personne l'existence de ce cabinet.

— Ce n'est pas vous qui me l'avez apprise, dit la reine ; mais je vous en prie, faites-le moi voir. Je sais où il est, je vais vous y conduire, mais il faut que j'y entre, il le faut !

Mlle de Mons hésitait, mais la reine employant toutes les séductions de son esprit, toutes les caresses et les protestations imaginables, finit par triompher, et Julienne, prenant dans sa cassette une clef curieusement travaillée en forme de serpent, suivit la reine.

Christine de Suède, sans hésiter, descendit dans la cour ovale, et, entrant dans le bâtiment où elle logeait, monta aux étages supérieurs. Elle entra dans un immense galetas, encombré de vieux meubles, et, désignant à Julienne un pan de mur recouvert d'une tapisserie rongée des vers, elle dit : c'est là.

Mlle de Mons souleva la tapisserie ; une porte peinte de la couleur du mur et dont la serrure était placée fort bas, fut ouverte par elle, et la reine et sa compagne entrèrent dans une petite pièce remplie de poussière et de toiles d'araignées, et qu'une étroite lucarne éclairait à peine. Quand le nuage de poussière fut un peu abattu et que leurs yeux s'habituèrent à la demi-obscurité qui régnait en ce lieu, la reine et Mlle de Mons purent voir que le seul meuble que renfermait cette chambre était une armoire de chêne encastrée dans la muraille.

Une tête de Gorgone, sculptée au centre des deux vantaux de cette armoire, ouvrait une bouche hideuse. Christine, au grand étonnement de Mlle de Mons, introduisit son doigt dans cette bouche, l'appuya fortement de bas en haut, et l'armoire s'ouvrit. Chacun de ses rayons contenait plusieurs compartiments où se voyait l'extrémité de quelques tuyaux acoustiques, fermés par des couvercles vissés, et surmontés chacun d'une inscription ; on y lisait : salle des Gardes, chambre des Menins, galerie de Diane, etc. — Les yeux de la reine parcouraient avec anxiété ces inscriptions. Elle finit par découvrir celle qu'elle cherchait, et lut : chambre du Zodiaque. — Reprenant à l'instant un air de gaîté ; elle dit : Voilà un cabinet bien traître, la Reine Très Chrétienne s'en sert-elle quelquefois ? — Jamais, dit Julienne, jamais Sa Majesté n'a mis les pieds ici ; la reine Marie de Médicis non plus. La reine Catherine s'en servait, mais il eut mieux valu qu'elle n'y entrât jamais.

Ecouter aux portes est une faute que nous punissons dans nos serviteurs. De quel front une princesse oserait-elle la commettre ?

— La politique, la raison d'Etat, dit la reine, furent l'excuse de la reine Catherine.

— Ces excuses-là n'ont pas cours devant Dieu, dit Julienne. Sortons, je vous en prie, Madame, on étouffe ici.

Elles sortirent. Mlle de Mons referma soigneusement le cabinet des échos, fit retomber la tapisserie, et reprit le chemin de son appartement.

— Laissez-moi voir cette clef au grand jour, dit la reine, dès qu'elles furent descendues dans le vestibule : Mlle de Mons la lui tendit sans défiance, mais la reine, mettant la clef dans sa poche, déclara qu'elle voulait la dessiner et ne la lui rendrait que le lendemain, à midi. Les instances de Mlle de Mons furent vaines, et Christine de Suède, moitié riant, moitié se fâchant, lui assura que le lendemain à midi, elle aurait sa clef, mais pas une minute avant. Puis elle la quitta brusquement.

La nuit vint, et Julienne de Mons ne put s'endormir. Elle était inquiète, et se reprochait d'avoir cédé aux obsessions de la reine de Suède. Les quelques mots qu'elle avait entendu dire sur les querelles qui divisaient les serviteurs de Christine, lui revenaient en mémoire. Elle se rappelait certains indices, certaines allusions faites par la reine à l'ingratitude des sujets et au pouvoir des rois, et de sinistres pressentiments lui serraient le cœur.

— Je vais aller surveiller le cabinet des échos, se dit-elle, si je puis fermer la porte du grenier qui y conduit, personne n'y pénétrera. Comment ne me suis-je pas avisée de cela tout d'abord?

Elle se leva, s'habilla, et prenant une lanterne, descendit l'escalier, et entra dans une galerie qui devait abréger son chemin. Tout dormait au palais; le ciel était couvert de nuages, et la nuit complètement obscure. Quelques chauves-souris, quelques rats, effrayés par les pas et la lumière de Mlle de Mons, s'envolaient ou s'enfuyaient à son approche. Née au palais de Fontainebleau et naturellement courageuse, Julienne de Mons marchait sans hésitation et sans frayeur. Elle monta l'escalier, et trouva la porte du galetas fermée au simple loquet, comme elle l'avait laissée. Elle le traversa sans bruit et souleva la tapisserie. La clef n'était pas sur la porte, mais il y avait quelqu'un dans le cabinet des échos, une lumière traçait une ligne rougeâtre sous la porte, et Mlle de Mons entendit un soupir. Elle s'éloigna, et se demanda ce qu'elle devait faire. Tremblante et indécise, elle balança longtemps. Puis, descendant un étage, elle alla s'asseoir derrière le piédestal d'une statue, et cacha soigneusement sa lanterne. Bientôt elle entendit marcher dans le grenier, refermer la porte et descendre l'escalier. Et Christine de Suède passa devant elle, pâle, les yeux fixes, les cheveux épars, une lampe à la main, tenant de l'autre son épée, et plus semblable à un spectre qu'à une créature humaine. Dès qu'elle se fut éloignée, Julienne regagna son logis, et attendit le jour avec anxiété.

Lorsqu'il parut enfin, elle courut à l'église et fit demander le Père Lebel, son confesseur. C'était le Supérieur des Mathurins, homme vénérable et qui remplissait les fonctions d'aumônier au château. Elle lui raconta ce qui s'était passé et les craintes qui l'obsédaient. Le bon religieux, partageant son inquiétude, lui conseilla d'aller voir la reine.

Mlle de Mons se présenta à la porte de Sa Majesté, mais on lui répondit que la reine dormait. — Une heure après un laquais apporta à Julienne un petit paquet soigneusement cacheté aux armes de Suède. Il renfermait la clef du cabinet des échos, et ce billet de la main de la reine :

« J'irai chez vous à une heure, Mademoiselle. Ne prenez pas la peine de venir.

Christine, reine. »

Au palais de Fontainebleau, 10 Novembre 1657

Aussitôt après avoir écrit ce billet, la reine sortit à cheval, suivie de Leonora, et d'un valet suédois. Elle les emmena assez loin dans la forêt, du côté des rochers d'Avon. S'arrêtant tout-à-coup sous une futaie, elle dit en Italien à Léonora : — Descendez de cheval, j'ai à vous parler.

Leonora obéit : Tenez nos chevaux, dit la reine au valet.

Elle prit le bras de Leonora, l'entraîna un peu à l'écart, et la regardant en face lui dit : — Monaldeschi n'est pas votre frère : vous m'avez indignement trompée.

— Non, s'écria Leonora, je vous jure...

— Vous mentez, dit la reine, Monaldeschi est votre mari.

— Non, sur mon âme ! dit Leonora en tombant à genoux.

— Misérable créature ! s'écria la reine, si

l'état où tu es ne m'imposait la pitié, je te tuerais sur l'heure. Écoute, prends cette bourse, remonte à cheval, suis cet homme. Il va te conduire à dix lieues d'ici, sur la route d'Italie : retourne dans ton pays ; ne prononce jamais mon nom, ne reparais jamais devant mes yeux, si tu tiens à la vie.

— Grâce, Madame ! dit Leonora en sanglotant et en se traînant sur les genoux, grâce pour Monaldeschi ! C'est moi la plus coupable.

— Je sais ce que j'ai à faire, dit la reine. Va-t-en, vipère, va-t-en, si tu ne veux être écrasée. Mets-la sur son cheval, Othon, et fais comme je t'ai dit.

La reine remonta à cheval : le valet força la malheureuse Leonora à se remettre en selle, et prenant sa monture par la bride, l'emmena au grand trot sur la route de Moret.

Christine les regarda s'éloigner, puis revint tranquillement au château.

— Mlle de Monaldeschi ne rentrera pas ce soir, dit-elle à ses gens. Je l'ai envoyée à Nemours avec Othon.

Puis elle se fit servir à dîner une heure plus tôt que d'habitude.

Deux heures étaient sonnées depuis long-temps, et Mlle de Mons, inquiète du retard de la reine, prêtait l'oreille au moindre bruit tout en travaillant à sa tapisserie.

Tout à coup une jeune femme de ses amies, Mme de Bagnols, fille du maître d'hôtel du palais, entra toute pâle, et vint dire à l'oreille de Mlle de Mons : — Il se passe d'étranges choses au château. Je viens en passant d'entendre des cris affreux dans la galerie des Cerfs. Je crois que les Suédois se battent. J'y ai vu entrer la reine et le Père Lebel aussi.

— Ne disons rien devant ces enfants, dit Julienne. Elle emmena la jeune femme dans l'antichambre et ferma soigneusement la porte de l'atelier. Hélas ! dit-elle, je pressens un malheur. Où est l'intendant ?

2..

— La Reine l'a envoyé en ville ainsi que mon père, dit Mme de Bagnols : elle a donné des commissions, des messages à je ne sais combien de personnes aujourd'hui, comme si elle voulait écarter des témoins. Mon mari est absent; j'ai peur, Mademoiselle, et c'est pourquoi je viens vers vous.

— Il faut que je descende, dit Julienne, peut-être empêcherai-je un malheur, restez-là, ma bonne amie. Et, laissant Mme de Bagnols, elle se hâta de courir dans le vestibule de la galerie des Cerfs.

Le Père Lebel en sortait, l'air très effrayé. En apercevant Mlle de Mons, il fit une exclamation : Ah! dit-il, c'est Dieu qui vous envoie! venez m'aider à fléchir la reine. Elle veut faire poignarder M. de Monaldeschi.

Ils montèrent aussitôt chez la reine. Toutes les portes étaient ouvertes : les valets avaient disparu. Assise à la ruelle de son lit devant une petite table, Christine jouait aux échecs avec la comtesse Ulrique. Elle ne détourna pas la tête.

— Madame, lui dit le Père, je vais retourner

encore vers ce malheureux. Il ne veut pas se
confesser, il jette des cris pitoyables ; il demande
la vie.

— Le misérable lâche ! dit la reine, il ne
l'obtiendra pas ! Vous êtes en échec, Ulrique,
faites donc attention ; jamais vous n'avez si mal
joué.

— Madame, reprit le vieux religieux, en se
mettant à genoux, je vous supplie d'avoir pitié
de l'âme de ce pauvre malheureux.

— C'est à vous d'y veiller, mon Père, dit la
reine, vous êtes témoin que je l'ai écouté patiemment : J'ai donné à ce traître, à ce perfide, le temps
de s'expliquer. Il s'est avoué coupable, il mérite
la mort. Confessez-le. Si la vue des épées qui
vont le tuer ne lui inspire pas le repentir de son
crime, c'est qu'il est incapable d'en avoir. Allez
le confesser, vous dis-je. C'est tout ce que vous
pouvez faire de mieux pour le salut de son âme.

— Songez à la vôtre, Madame, dit le prêtre
en se relevant : songez au jugement de Dieu,
songez au déshonneur que vous vaudra une si
horrible vengeance.

— Je ne me venge pas, Monsieur, dit la reine, je punis un criminel de lèse-majesté. J'use de mon droit de reine, et je saurai défendre mon honneur. Laissez-moi, vous dis-je. Votre place est près du condamné à mort.

Le Père Lebel sortit terrifié.

Julienne s'avança doucement et se mit à genoux près de la reine qui affectait de ne pas la regarder et d'être attentive à son jeu.

— Madame, dit-elle à voix basse, si vous avez quelque amitié pour votre servante, de grâce, écoutez-moi !

— Mêlez-vous de vos laines et de vos aiguilles, Minerve, dit la Reine : votre sagesse et vos sermons n'ont que faire ici. On a accoutumé de dire en France : laissez passer la justice du Roi. On dit bien. J'ai été impardonnablement offensée : je punis, c'est mon droit, qu'est-ce que cela vous fait?

— Madame, dit Julienne, le plus beau des droits, c'est le droit de grâce. Je ne sais pas jusqu'à quel point M. de Monaldeschi a offensé Votre Majesté, je n'ai jamais vu cet homme, mais je sais que la Reine de France aura horreur de vous si vous répandez le sang dans ce palais.

— Je ne suis pas sa sujette, dit Christine; je suis reine partout et toujours, et si jamais sentence fut juste c'est celle que je viens de prononcer. Monaldeschi est un traître infâme. J'ai ses lettres, j'ai ses aveux, et je l'ai entendu cette nuit dire à sa complice ce qu'il projetait, et parler de moi, de moi, sa souveraine, sa bienfaitrice, comme on ne parle pas de la dernière des femmes. Le cabinet des échos est une merveille, Mademoiselle, et je vous suis obligée de me l'avoir ouvert.

— Hélas! dit Julienne en pleurant, faudra-t-il que mon imprudence ait contribué à la perte de cet homme! Par pitié pour moi, Madame, ne le faites pas tuer. La Bastille, les juges, le bourreau... mais pas l'assassinat!

— Vous m'ennuyez! dit Christine — laissez-moi, sortez!

Sentinelli entra en ce moment, les vêtements en désordre, livide et balbutiant :

2...

— Il ne veut pas se confesser, Madame, dit-il : vous le savez, je le hais, j'ai longtemps souhaité sa mort; je suis prêt à le tuer, mais enfin, je ne veux pas qu'il soit damné! Je conjure Votre Majesté.....

— Taisez-vous, dit la reine en se levant avec violence et en lançant l'échiquier au loin, taisez-vous, insolent! Allez-vous me trahir aussi? Allez, vous dis-je, blessez-le. Quand il verra son sang, il se confessera.

Sentinelli s'inclina en silence, et sortit. Ulrique, épouvantée, s'enfuit.

Restée seule avec Mlle de Mons, la reine fit deux ou trois tours dans la chambre, la tête basse et les bras croisés. Puis s'arrêtant devant Julienne, elle lui dit avec calme :

— Vous répéterez mot à mot à la Reine de France ce que je vais vous dire. Vous le lui direz à elle seule, jurez-le moi!

— Je vous le promets, dit Mlle de Mons.

— Il le faut, dit Christine : il faut que je fasse un aveu qui me couvre de honte. J'ai aimé ce traître. Il feignait une grande passion pour moi.

Lasse de tout, ennuyée, isolée, je pensai à l'épouser, à aller vivre avec lui dans quelque solitude,
en France, en Italie, que sais-je ! mais je voulus
qu'une telle faveur fût méritée. J'imposai à celui
qui prétendait m'adorer une épreuve d'un an.
J'exigeai que pendant une année il me fût in-
violablement soumis et fidèle, lui promettant
qu'une fois mariée, j'obéirais à mon tour. Il
accepta l'épreuve, et le misérable était marié.
Au lieu de tout m'avouer, il fit passer sa
femme pour sa sœur et me décida à la prendre
à mon service. Et tous deux me trahissaient,
me volaient et s'apprêtaient à s'enfuir, riches de
mes bienfaits.

Mon honneur veut qu'il meure, et que personne au monde ne sache pourquoi, si ce n'est la
Reine. Elle est Espagnole, elle sait ce que l'honneur
exige. Au fond elle m'approuvera. Les formes
de la justice ordinaire sont trop lentes, et, soit
qu'elle condamnât, soit qu'elle acquittât Monaldeschi, je serais la risée de l'Europe. J'aime
mieux son exécration. D'ailleurs, le Roi de France
a-t-il fait autrement justice du maréchal d'Ancre ?

Vous savez tout à présent, Julienne de Mons, m'oserez-vous encore parler de grâce?

— Oui, Madame, dit Julienne, je l'oserai par pitié pour vous-même et au nom de Notre-Seigneur.

— Il est trop tard, dit la reine en prêtant l'oreille.

Des cris perçants se firent entendre et des vitres brisées tombant dans le jardin, livrèrent passage au bruit de la lutte des assassins et de leur victime. Julienne s'évanouit, et la reine ouvrant la fenêtre écouta attentivement les derniers râles de Monaldeschi. — Le jardin de l'orangerie était désert ; la pluie tombait à flots, et le bruit des gémissements du traître allait en diminuant. — Quand le silence se fit, Christine de Suède, quittant la fenêtre, la referma tranquillement. Elle vit Mlle de Mons que l'air froid avait ranimée et qui se dirigeait vers la porte de sortie. — Au revoir ! lui dit la reine. — Mlle de Mons détourna la tête et s'éloigna sans répondre.

Sentinelli reparut. Il s'était lavé les mains,

mais ses vêtements étaient tachés de sang.

— Tout est fini : dit-il : il s'est confessé !

— C'est bien, dit la reine : Vous prierez le Père Lebel de faire dire pour lui une trentaine de messes. Donnez ordre qu'on emporte le corps à l'église d'Avon. Je vous remercie, Sentinelli. Vous avez fait votre devoir et je m'en souviendrai.

Quatre jours après Christine de Suède chassait dans la forêt. En traversant la grand'route elle rencontra un carrosse à la livrée royale qui se dirigeait vers Paris, et, faisant approcher son cheval, regarda qui était dans cette voiture. Elle y vit Mlle de Mons toute seule, et cria au cocher d'arrêter. Puis, mettant pied à terre, elle ouvrit sans façon la portière et entra dans le carrosse en disant à Mlle de Mons : — Je veux faire un bout de chemin avec vous. Où allez-vous?

— A Paris, dit Mlle de Mons, la reine m'a envoyé chercher.

. Christine de Suède se pencha à la portière, appela ses gens, leur dit de suivre le carrosse et ordonna au cocher de toucher. Mlle de Mons, calme et froide, ne la regardait même pas. Au bout de quelques minutes de silence, la Reine lui dit : — Que direz-vous à Sa Majesté Très-Chrétienne ?

— La vérité, dit Julienne, la vérité tout entière, et je la dirai à elle seule.

— Lui parlerez-vous du cabinet des échos?

— Oui, Madame, je lui rendrai cette clef que j'ai commis la faute de vous confier, et je supplierai la Reine de faire détruire ce fatal cabinet.

Le silence se fit encore. La voiture roulait doucement sur l'épais tapis des feuilles sèches. Les rayons du soleil de la Saint-Martin éclairaient la forêt, et les cris des corbeaux interrompaient seuls le silence des bois.

— Qu'est ceci? dit la reine en désignant un rouleau d'étoffe placé sur la banquette de devant du carrosse.

— C'est la tapisserie des reines, Madame, Sa Majesté veut y travailler cet hiver.

— Je voudrais la revoir encore, dit la reine de Suède. Elle déroula la tapisserie et vit que les fleurs qu'elle avait brodées n'existaient plus. Elles avaient été défaites jusqu'au dernier point. Christine rougit, et une larme de colère brilla dans ses yeux.

— Est-ce d'après un ordre de la Reine, Mademoiselle, que vous m'avez fait cet affront? dit-elle en regardant Julienne.

— Sa Majesté ne sait pas que vous avez travaillé à cette tapisserie, Madame, j'ai agi de mon propre mouvement.

— Vous êtes bien osée, Mademoiselle; pourquoi avez-vous fait cela?

— Les mains des reines qui ont travaillé à cette tapisserie, Madame, essuyèrent bien des larmes, mais ne répandirent jamais le sang. Et pourtant, Dieu sait si Marie Stuart, Henriette-Marie de France et Anne d'Autriche eurent des injures à venger! Mais elles surent pardonner, et Dieu leur en tiendra compte. Plût au ciel,

Madame, qu'il me fût possible d'enlever de l'histoire de Christine de Suède le récit de la mort de Monaldeschi aussi aisément que j'ai détruit la fleur brodée par une main sanglante !

La reine bondit comme si un dard l'eût blessé ; elle ouvrit la portière, sauta en bas de la voiture sans faire arrêter, et, remontant à cheval, se lança au grand galop à travers la forêt, tandis que le carrosse continuait sa route vers Paris.

III

ROME

Comme il était aisé de le prévoir, la France tout
entière eut horreur du meurtre de Monaldeschi,
et le premier mouvement d'Anne d'Autriche
fut d'enjoindre à Christine de sortir du royaume.
Pourtant elle ne lui fit pas cet affront. Le
bruit public et les détails que Julienne de
Mons lui donna en secret rendaient la victime
odieuse et méprisable, et d'ailleurs, les mœurs
du temps, sans justifier Christine de Suède,
l'excusaient par de trop fameux exemples.
Quarante ans s'étaient à peine écoulés depuis
la mort tragique du maréchal d'Ancre, et le
château de Blois gardait encore la trace du sang
des Guise.

Néanmoins, « on laissa cette reine languir

longtemps à Fontainebleau pour lui montrer le mépris qu'on avait pour elle ; mais enfin elle supplia tant de fois le ministre de la laisser venir à Paris, qu'il fut impossible de la refuser. Elle vint donc voir le ballet que le Roi donna cette année pour le carnaval, et elle arriva le 21 février 1658. Il est à croire qu'elle aurait souhaité de pouvoir s'établir tout à fait en France : mais on ne lui fit espérer de l'y souffrir que quelques jours seulement. On la logea au Louvre à l'appartement du cardinal Mazarin ; ce qui fut concerté exprès pour lui montrer qu'il fallait qu'elle le quittât promptement. Malgré toutes les précautions de la Reine, elle y passa les jours gras qu'elle employa le mieux qu'elle put. *Rien ne parut en elle de contraire à l'honneur, je veux dire à cet honneur qui dépend de la chasteté, et, si elle s'était laissée entamer sur ce chapitre, les charitables gens de la cour n'auraient pas oublié de le publier ;* mais, en tout le reste elle montra peu de sagesse, peu de conduite et beaucoup d'emportement pour le plaisir. Elle courait les bals en masque, elle allait sans cesse à la comédie avec des hommes,

toute seule, dans les premiers carrosses qu'elle
rencontrait, et jamais personne n'a paru plus
éloignée de la philosophie que celle-là. » (I)

Elle voulut un beau jour aller à l'Académie.
Prévenus trop tard, les quarante premiers im-
mortels n'étaient pas au complet, et le chancelier
Séguier n'eut ni le temps ni l'esprit de faire placer dans la salle le portrait de la reine de Suède,
donné par elle à l'Académie française trois ans
auparavant.

Il y eut d'abord quelques difficultés pour savoir si l'Académie serait assise ou debout devant
la reine, mais quelqu'un se souvint que dans les
assemblées de gens de lettres et de beaux esprits
qui se tenaient du temps de Charles IX et où ce
prince alla plusieurs fois, tout le monde était
assis et couvert devant le Roi. On s'assit donc,
et après quelques compliments, comme M. Cha-
pelain était absent, l'abbé Cotin lut des vers qui
furent trouvés fort beaux. C'était une traduction
de deux passages de Lucrèce contre la Providence,

I. Mémoires de Madame de Motteville, année 1658.

et sur la formation du monde par les atômes : puis vinrent quelques sonnets, deux ou trois madrigaux récités par M. de Boisrobert, et une traduction élégante des vers de Catulle, *amemus, mea Lesbia,* que lut M. Pellisson et qui plut fort à la reine.

Ensuite, pour donner une idée des travaux sérieux de l'Académie, « le directeur dit à la reine, raconte l'académicien Patru, que si Sa Majesté l'avait pour agréable, on lui lirait un cahier du Dictionnaire. — Fort volontiers, dit-elle. M. de Mézeray lut donc le mot *jeu*, où, entre autres façons de parler proverbiales, il y avait JEUX DE PRINCES *qui ne plaisent qu'à ceux qui les font ; pour dire une malignité, une violence faite par quelqu'un qui est en puissance :* elle se mit à rire. On acheva le mot qui était au net, où pourtant il y avait bien des choses à dire » (1). Suivant un autre récit plus authentique, la reine de Suède, en écoutant la définition de Mézeray, rougit et parut émue ; mais, voyant qu'on

1. Patru, Œuvres diverses, t. II p. 322.

avait les yeux sur elle, elle s'efforça de rire, *plutôt d'un rire de dépit que de joie*. Le Dictionnaire venait de lui rappeler ce que, trois mois auparavant, elle avait fait à Fontainebleau, et quel sanglant jeu de prince elle y laissa sur son passage (1).

« La reine de Suède partit enfin de Paris les premiers jours de carême, dit Mme de Motteville, et s'en alla à Rome où l'action qu'elle avait faite en France ne la fit pas estimer. »

Ce fut cependant parmi les ruines et les palais de la ville éternelle, cette seconde patrie des exilés, que Christine de Suède se fixa définitivement. Elle y passa l'automne de sa vie, entourée de savants, d'artistes, et se plaisant à former cette belle bibliothèque qui, à sa mort, fut ac-

1. Préface de la 6e édition du Dictionnaire de l'Académie, pages XIII et XIV.

quise par le pape Alexandre VIII, et reçut à cause de lui, le nom de *Bibliotheca Ottobonia*.

Peu à peu, l'ardeur de la reine pour les plaisirs bruyants s'était calmée : la seule passion qui lui fût restée était celle de l'étude. Les nombreux étrangers qu'elle accueillait au palais Corsini, l'Académie qu'elle y avait fondée, les fêtes religieuses de Rome, et quelques excursions scientifiques occupaient son temps. Grâce aux soins du bon cardinal Décius Azzolini, que le Pape lui avait donné pour conseil, et qui, en réalité, remplissait auprès d'elle les fonctions de tuteur, cette reine sans royaume avait du moins une maison et une fortune honorablement administrées. Indignée d'abord de se voir en tutelle, Christine avait fini par reconnaître qu'il était fort agréable de ne plus s'occuper que de ses livres, de ses médailles et de ses creusets, sans prendre nul souci des choses matérielles de la vie. Elle avait depuis longtemps congédié Sentinelli, Ulrique et les autres, et, entourée de serviteurs pieux et paisibles choisis par le bon Cardinal, la reine commençait à

prendre l'habitude d'une vie calme et digne de
son rang. Elle ne s'habillait plus en homme ; le
voile traditionnel des matrones romaines couvrait sa tête, et ses yeux brillants d'intelligence,
sa physionomie. mobile et sa conversation
animée charmaient encore tous ceux qui appro-
chaient de cette souveraine descendue volontairement du trône.

Elle était sincèrement convertie au catholi-
cisme, et en accomplissait les préceptes avec
ponctualité, mais c'était sans aimer cette vérité
qu'elle avait embrassée par raisonnement, et
sans que le feu divin eût pénétré son cœur. Un
vieux père Jésuite, très savant, qui la connaissait
bien, disait d'elle : Cette reine croit en Dieu
comme aux mathématiques et à la chimie,
absolument de la même façon.

Les années s'écoulèrent : les premières neiges
commencèrent à argenter la noire chevelure de
Christine de Suède, et elle s'aperçut tout d'un
coup qu'elle n'était plus jeune. Un jour, ren-
trant un peu tard chez elle, et pressée de se
rendre sur la terrasse pour voir coucher le

soleil à l'horizon d'Ostie, elle monta si vite le grand escalier du palais Corsini, qu'elle se trouva mal en arrivant à son but; ses femmes la secoururent avec empressement, et l'une d'elle s'écria sans y penser : En vérité la reine n'est plus d'âge à courir ainsi.

Ces mots sonnèrent comme un glas à l'oreille de Christine, et la pensée de la mort, qu'elle avait toujours écartée, ne la quitta plus à partir de cet instant.

Elle ne dormit presque pas cette nuit-là, et, chaque fois qu'elle s'assoupissait, une même image se représentait à son esprit. Il lui semblait voir la Mélancolie d'Albert Durer, non plus sous la forme d'estampe, mais vivante, et tenant sur ses genoux la tapisserie des reines. Sur le tissu d'or, au centre des fleurs et des trophées, le médaillon laissé vide se remplissait peu à peu de traits rouges, confus d'abord, puis qui semblaient former un dessin. La reine essayait d'en distinguer le sujet, mais la sombre Muse posant sa main sur le dessin, regardait la reine en fronçant le sourcil et lui disait : pas encore !

Enfin le premier rayon du soleil fit étinceler
le globe d'or qui surmonte le dôme de Saint-
Pierre, et la reine se rendit au Vatican pour
assister à la messe. Au moment où elle
allait remonter en carrosse pour revenir, la
voiture du cardinal Azzolini arrivait au seuil
de la basilique. Christine fit quelques pas vers lui.
Le cardinal salua la reine affectueusement, et lui
demanda si elle n'aurait pas le désir de visiter
avec lui, l'ambassadeur d'Espagne, et quelques
autres personnes, une galerie des catacombes
nouvellement découverte. La reine accepta avec
empressement l'offre du cardinal, et il fut convenu
qu'à dix heures précises elle se rendrait sur la
voie Labicane, à un endroit soigneusement in-
diqué, et où le cardinal irait de son côté.

Lorsque la reine arriva au rendez-vous, elle
vit qu'un assez grand nombre de carrosses y
avaient amené les plus illustres savants de Rome

3.

et quelques étrangers de distinction. Toute cette compagnie entourait le cardinal Azzolini et n'attendait que l'arrivée de la reine de Suède pour pénétrer dans le souterrain dont l'entrée se voyait à quelques pas de la route. Le docte Fabretti, que le Pape avait nommé gardien et conservateur des cimetières souterrains, offrit la main à la reine de Suède, et, tous, munis de cierges et éclairés en outre par des torches que portaient les valets du cardinal et de l'ambassadeur d'Espagne, descendirent l'escalier et s'engagèrent dans l'obscur dédale des catacombes.

Bientôt l'étroitesse des couloirs obligea les visiteurs à marcher à la file, puis ils pénétrèrent dans des salles plus spacieuses et admirèrent des peintures qui, restées cachées aux regards des hommes depuis plus de quatorze siècles, apparaissaient comme d'irrécusables témoins de la perpétuité et de l'ancienneté des dogmes de l'Église.

Ils virent ouvrir la tombe d'un martyr. Les ossements blanchis qu'elle contenait tombèrent en poussière dès qu'on les toucha, mais ils étaient dominés par un vase de verre, brillant au reflet des torches, et contenant le sang desséché, visible encore contre les parois, mémorial du sacrifice et de la victoire du chrétien triomphant par la mort Ces choses parlaient assez, et l'émotion des assistants en témoignait, lorsqu'un très jeune prélat, tout frais sorti des classes, demanda au cardinal la permission de dire quelques mots d'édification. Le bon Azzolini y consentit, et s'assit sur le seul siège de pierre qui fût là. Alors, le jeune orateur récita un petit discours composé pour la circonstance. Selon l'usage du temps, après force compliments à la reine, au cardinal, à l'ambassadeur, aux illustres cavaliers présents, etc, il débuta par un déluge d'allusions classiques, agrémentées de citations grecques et latines. A propos du sépulcre des martyrs, il parla des funérailles de Patrocle, du tombeau d'Hector, des cendres du roi Mausole, le tout fort élégamment et sans se presser.

Les visiteurs, les uns agenouillés, les autres appuyés contre les murailles de pouzzolane ou les pierres des tombes superposées, l'écoutaient avec patience. Seule, Christine de Suède, fatiguée de cette rhétorique intempestive, et de l'air étouffant que la fumée des cierges épaississait de de plus en plus, s'éloigna de quelques pas dans un couloir pour respirer mieux à l'aise. Le cierge qu'elle tenait était encore grand, et à sa lueur elle se mit à lire quelques inscriptions. Insensiblement elle s'éloigna, et, lorsque, se rappelant tout à coup qu'il était fort imprudent de s'aventurer seule dans les catacombes, elle voulut retourner vers le cardinal et sa compagnie, elle se trouva au milieu d'un carrefour où se croisaient six couloirs exactement semblables, n'entendit rien, et fit de vains efforts pour se rappeler par où elle était venue là.

La fille de Gustave Adolphe n'avait eu peur de sa vie, mais, pour la première fois, elle sentit ce souffle dont parle Job, cette sensation glacée que le vulgaire traduit si énergiquement par ces mots : avoir froid aux yeux.

Cependant elle ne voulut pas appeler ; comme Roland à Roncevaux, elle aurait eu honte d'avouer qu'elle avait besoin d'aide. Elle ne doutait pas qu'on ne la cherchât. Plaçant donc sa bougie à terre, au centre du carrefour où se croisaient les galeries, afin que cette lumière fût aperçue de loin, la reine s'appuya contre la muraille et attendit.

Une demi-heure se passa. Rien ne troubla l'effroyable silence. C'était la tombe, c'était la mort ; le cierge allait finir. Il s'éteignit. Vaincue, la reine tomba à genoux et cria d'une voix perçante : au secours ! à moi !

Un cri lointain lui répondit, et elle ne tarda pas à voir apparaître une lumière au bout d'une longue galerie. Quelqu'un accourut en élevant une torche au-dessus de sa tête.

— Me voici, Madame, me voici ! dit en italien une voix qui fit tressaillir la reine. Un jeune homme, grand, beau, vêtu de noir, arrivait près d'elle.

Elle le regarda : elle le reconnut : c'était Monaldeschi !

Un horrible cri s'échappa des lèvres de la reine et elle tomba la face contre terre.

La reine ne reprit connaissance qu'au bout de trois heures, et le bruit de sa mort courait déjà dans la ville de Rome, lorsque, rouvrant les yeux, elle se vit dans son palais entourée de ses domestiques éplorés, du médecin du Pape, de celui d'Azzolini et d'une douzaine d'autres docteurs. Au lieu de les rudoyer comme elle avait coutume de le faire, sa robuste santé la rendant fort sceptique en fait de médecine, elle se laissa patiemment soigner.

Ses gens remarquèrent en elle, à dater de ce jour, un très grand changement. Elle ne parlait presque pas, ne lisait plus que des livres de piété, priait pendant de longues heures, et, dès qu'elle put sortir, elle alla se confesser, ce qu'elle ne faisait d'habitude qu'aux fêtes de Pâques.

On remarqua aussi que, dès qu'on essayait de

lui parler de son aventure dans les catacombes, elle détournait la conversation, ou, même, imposait silence à ses interlocuteurs. Elle resta longtemps souffrante et triste, et il fallait l'ordre exprès des médecins et les instances du cardinal Azzolini pour la décider à sortir de son palais.

Un jour qu'elle était allée se promener en carrosse au Forum et au Corso, elle rencontra sur le pont Sixte en revenant au Janicule, deux religieuses dont elle reconnut l'habit. C'était deux Filles de la Charité, venues à Rome pour les affaires de leur congrégation.

La reine fit arrêter sa voiture, appela les religieuses en français, et leur offrit de les conduire où elles avaient affaire.

— Nous allons au Vatican, Madame, dit l'une d'elle, et nous serions aux regrets de détourner votre Majesté de son chemin.

L'accent de cette voix harmonieuse frappa la reine.

— Julienne de Mons! s'écria-t-elle, sage Minerve, est-ce vous?

— Julienne de Mons est encore votre servante, Madame, dit celle-ci, mais elle s'appelle à présent sœur Marie.

— *Santa Maria sopra·Minerva!* s'écria la reine, montez ici. Il faut que je cause avec vous !

Les deux religieuses montèrent près de la reine, et Christine les conduisit au seuil du Vatican. Avant de les quitter elle fit promettre à sœur Marie de venir au palais Corsini le lendemain matin.

Sœur Marie fut exacte au rendez-vous. La reine l'entretint longtemps. Elle questionna Julienne sur sa vocation et son entrée en religion, et se fit raconter dans le plus grand détail la maladie et la mort d'Anne d'Autriche.

Sœur Marie remarquant dans les paroles de la reine de Suède une sagesse et une piété qu'elle ne lui avait pas connues autrefois, se laissa aller au charme que cette princesse savait si bien exer-

cer autour d'elle, et les heures se passèrent rapidement. L'angelus de midi sonnant l'avertit
qu'elle s'était oubliée. — Prions, dit la reine;
elle s'agenouilla, et lorsque la prière fut finie et
qu'elle se releva, des larmes coulaient sur ses
joues pâles et elle se jeta dans les bras de sœur
Marie en sanglottant.

La religieuse très étonnée, ne savait à quoi
attribuer cette émotion subite. La reine lui dit :
— Il faut que je vous dise tout; ce secret me
tue. Écoutez-moi. Et elle lui raconta à voix
basse et en frémissant, l'apparition de Monaldeschi.

Sœur Marie l'écouta en silence, puis lui dit :
— Vous avez probablement été le jouet
d'une hallucination, Madame. Avez-vous revu
l'homme qui vous a retrouvée dans les catacombes?

— Non, dit la reine : on m'a dit que c'était
un jeune homme de Civita-Vecchia, secrétaire
du signor Fabretti : je lui ai envoyé un présent,
mais j'ai refusé de le voir. Tout ce qui me
rappelle cette horrible aventure m'est odieux.

Je ne pensais presque jamais à ce malheureux. Je ne croyais pas avoir à me repentir, et, depuis que je l'ai vu... car je l'ai *vu*, ma bonne sœur, ce n'est pas une illusion... j'ai le cœur brisé de remords. J'ai peur... j'ai peur d'être damnée. Que dois-je faire?

— Prier, dit la sœur, faire pénitence, et surtout espérer. Dieu le veut, car :

> *D'ogni colpa la colpa maggiore*
> *E l'eccesso di un empio timore...*

Il faut que je quitte votre Majesté. Demain, je reviendrai. Courage, Madame, ayez confiance.

Le jour suivant, sœur Marie trouva la reine couchée, très pâle et abattue. Christine lui avoua qu'elle n'avait pas dormi de la nuit.

— Je crois toujours voir le fantôme, lui dit-elle : j'entends ces cris qui retentissaient dans la galerie des Cerfs. J'en perdrai la raison.

— Ecoutez-moi, Madame, dit sœur Marie :
celui que vous avez vu dans les catacombes, ce
Pietro Paolo, secrétaire de Fabretti, est ici. J'ai
prié le cardinal Azzolini de le faire venir. Je crois
qu'en le regardant, vous vous délivrerez d'une
vision chimérique : permettez-moi de le faire
entrer. Je lui parlerai en votre présence, quelques
instants seulement. Votre imagination lui a
prêté des traits que la réalité effacera de votre
mémoire. Dites, consentez-vous?

— Faites, dit la reine.

Sœur Marie sortit et rentra un instant après
suivie d'un jeune homme qui s'inclina profondément devant la reine, et, en levant timidement
les yeux, resta comme pétrifiée en voyant le
regard de Christine se fixer sur lui avec l'expression d'une indicible terreur.

Jamais ressemblance n'avait été si frappante :
c'était la haute taille, les traits, les cheveux noirs
de Monaldeschi. Mais Pietro Paolo, loin d'avoir
l'aisance et la désinvolture d'un courtisan, paraissait humble et presque craintif.

D'un rapide coup d'œil, sœur Marie vit l'effet

que la vue de ce jeune homme produisait sur la reine. Elle se plaça de manière à le lui cacher, et prenant la main que la reine lui tendait, la religieuse interrogea Pietro Paolo.

— Signor, lui dit-elle en italien, Sa Majesté la reine de Suède reconnaissante du service que vous lui avez rendu, voudrait vous être utile, et désire connaître ce qu'elle peut faire pour vous.

— Sa Majesté est bien bonne, dit Pietro Paolo : je n'ai pas d'ambition, et si seulement le signor Fabretti me donnait cent écus de plus par an, je serais bien content et j'épouserais Beppa.

— Qui est Beppa? dit sœur Marie.

— Beppa, ma sœur, est une belle et honnête fille du Trastevère; elle a du bien, et si j'étais un peu moins pauvre, son père me la donnerait en mariage; il me l'a dit.

— On arrangera cela, dit la sœur; mais, vos parents à vous, que disent-ils de vos projets ?

Le jeune homme rougit. — Hélas! ma sœur, dit-il, je n'ai point de parents. Je ne sais qui fut mon père, et ma mère est morte en me mettant au monde, morte folle dans le lazaret de Civita-Vecchia. J'ai été élevé par charité, à l'hospice. J'avais douze ans quand le signor Fabretti vit une lettre que le directeur de l'hospice m'avait fait copier. Mon écriture lui plut : il me prit à son service, et me fit instruire : Je lui dois tout, il est très bon pour moi, et s'il était plus riche, il m'aiderait davantage.

— Mais, vous devez savoir le nom de votre mère.

— Je sais seulement son nom de baptême, dit Pietro Paolo, et le lieu d'où elle venait, quand elle entra mourante au lazaret. Elle venait de France et s'appelait Léonora.

La main de la reine serra convulsivement celle de sœur Marie. La religieuse se dégageant de son étreinte s'avança vers Pietro Paolo.

— Je vous remercie, signor, dit-elle : la reine n'oubliera pas ce qu'elle vient d'apprendre. Vous pouvez compter sur ses bons offices. Au revoir.

Pietro Paolo salua, et sœur Marie le reconduisit jusqu'à la porte. Quand elle revint vers la reine, Christine pleurait.

— Rendez grâce à Dieu, Madame, lui dit sœur Marie. Sa miséricorde se révèle. envers vous, puisqu'il vous donne l'occasion de réparer et d'expier. Soyez la bienfaitrice de l'enfant de celui qui vous avait trahie, soyez la mère du fils de vos victimes !

Pietro Paolo ne sut jamais l'histoire de ses parents, et, lorsqu'après avoir été marié, grâce aux bienfaits de Christine de Suède, il reçut encore d'elle une somme considérable en présent, il s'étonna, et toute la ville de Rome avec lui, de voir payé si magnifiquement le service fortuit rendu par lui à cette princesse.

Sœur Marie de Mons revint à Paris, fut supérieure de plusieurs maisons, et mourut en odeur de sainteté vers la fin de 1689.

La même année Christine de Suède était morte à Rome, instituant le cardinal Azzolini son légataire universel. Plus âgé que la reine, le bon cardinal n'eut qu'à peine le temps de prendre possession de l'héritage : il mourut cinquante jours après la reine de Suède.

La tapisserie des reines soigneusement gardée à Fontainebleau par les nièces de Julienne de Mons, fut continuée par Marie Thérèse d'Autriche. Après elle, Louis XIV voulut que Madame de Maintenon y travaillât. La duchesse de Bourgogne y fit, en se jouant, quelques points. Marie Lecsinska l'avança beaucoup, et Marie Antoinette espérait la finir.

Elle n'en eut pas le temps; et le riche tissu, qu'avait ouvré tant de mains royales, disparut en 1793.

Qu'est-il devenu? Hélas, *chi lo sa, non l'ha scritto*. Où sont allées ces fleurs de soie et d'or, ces trophées, ces emblêmes de gloire, de fêtes et de prospérité ? N'était-ce pas par une sorte d'instinct prophétique que Christine de Suède

souhaitait voir tracer sur cette tapisserie des
reines la sombre allégorie du maître de Nuremberg et le mot

MELENCOLIA!

L'ERMITE DE FRANCHARD

À M. JOSEPH LAVERGNE.

L'ERMITE

DE FRANCHARD

Sedebit solitarius et tacebit.

Vers la fin de l'été de 1658, la Reine Anne
d'Autriche, Louis XIV et Monsieur frère du Roi,
vinrent s'installer au château de Fontainebleau, et
Mademoiselle de Montpensier, au retour des eaux
de Forges où elle avait accoutumé de se rendre
chaque année, ne tarda pas à rejoindre la famille
royale. Le cardinal Mazarin, dont la santé ne
s'accommodait guère de l'air de Fontainebleau,
était resté à Vincennes, et s'occupait des affaires
de l'État. Quant au Roi, alors âgé de vingt ans,
il ne songeait qu'à se divertir, à chasser et à
danser avec les nièces du cardinal, les filles

d'honneur de la Reine, et les jeunes seigneurs les plus gais du royaume.

Mademoiselle, bien qu'elle eût dépassé de six ans l'âge où les filles à marier mettent une première épingle au bonnet de sainte Catherine, était encore de belle humeur, et prenait part à tous les plaisirs. Tout en raillant Monsieur de son goût excessif pour la parure, elle prenait grand soin elle-même d'être fort bien ajustée, et ornait les assemblées de sa bonne mine et de l'éclat de sa blonde chevelure. La cour était brillante, le château retentissait du bruit des fêtes, et de joyeuses cavalcades, des chasses fréquentes animaient la forêt et réveillaient ses échos par d'harmonieuses fanfares.

Quant au meurtre qui, moins d'une année auparavant, avait ensanglanté la galerie des Cerfs, personne n'en parlait plus. Le soir, il est vrai, quelques valets poltrons évitaient d'entrer dans cette galerie, disant qu'on y entendait des bruits de l'autre monde et qu'un fantôme s'y montrait à la tombée de la nuit, mais, en revanche, belles dames et cavaliers y passaient en riant et en causant, et le tapis moelleux qui cachait les taches du parquet et amortissait le bruit des pas, semblait aussi voiler les tragiques souvenirs et imposer silence à l'écho du passé.

Un soir, au souper de la Reine, Monsieur se vanta étourdiment de connaître toutes les routes et d'avoir parcouru tous les détours de la forêt de Fontainebleau.

— Je crois que Son Altesse Royale se trompe, dit Marie Mancini : la forêt est bien grande, et j'ai entendu parler hier à M. de Vatry d'un endroit si sauvage, si affreux que l'on n'y chasse jamais, mais où il y a une chapelle où les bonnes gens de Fontainebleau vont en pèlerinage une fois l'an.

— Comment s'appelle cet endroit? dit Monsieur.

— Ah! je ne m'en souviens plus, reprit Mademoiselle de Mancini.

— C'est l'ermitage de Franchard, dit Madame de Motteville. Il est situé près des ruines d'une vieille abbaye, et on y voit une roche qui pleure.

3...

— Une roche qui pleure! s'écria le jeune prince : il nous faut aller voir cela. Si la Reine le permet, Mesdames, j'offrirai au Roi et à vous toutes une collation demain soir, à Franchard.

— Je ne sais, mon fils, dit Anne d'Autriche, si ce ne serait point fort imprudent. L'endroit est sauvage et il doit s'y trouver des vipères. Qu'en pensez-vous, Motteville?

— Il n'y en a point, Madame, dit madame de Motteville : j'y suis allé plusieurs fois avec mademoiselle de Mons, et d'autres personnes encore moins braves que moi, et je puis assurer à votre Majesté que de temps immémorial on n'a pas vu de serpents à Franchard. Les prières des bons religieux qui habitaient là autrefois ont délivré leur petit domaine de ces hôtes dangereux, et l'on ne court fortune d'être piqué à Franchard, que si l'on va troubler dans leur ménage les abeilles de l'ermite.

— Sur votre parole, Motteville, dit la Reine, je permettrai la collation, mais je n'irai point. Mademoiselle me remplacera pour guider et commander l'escadron des Dames et Demoiselles. Je suppose que Madame la Comtesse de Soissons fera comme moi, et restera au château?

— Avec la permission de votre Majesté, s'il y a moyen d'aller à Franchard en calèche, dit Olympe Mancini, je m'y ferai conduire, car j'ai le plus grand désir du monde de voir l'ermite.

— En l'état où vous êtes, Madame, dit Anne d'Autriche en souriant, il se faut passer toutes ses fantaisies; mais j'entends les violons qui préludent. Passons dans la galerie.

Et la Reine, se levant de table, dit ses grâces, lava ses belles mains, et conduite par Louis XIV, entra dans la galerie de Henri II, où le jeune Roi ouvrit bientôt le bal avec Mademoiselle, et dansa jusqu'à minuit.

Le lendemain matin, l'ermite de Franchard, sans se douter le moins du monde des visites royales qui devaient ce jour-là troubler la tranquillité de son ermitage, s'était levé dès l'aurore et avait été entendre la messe à l'église d'Arbonne. Il visita ensuite deux ou trois malades du village, leur donna des plantes médicinales de son jardin, et de petites fioles d'un sirop qu'il fabriquait lui-même fort habilement avec des bourgeons de sapins et du miel de ses ruches, et, ayant pris congé d'eux en leur promettant une prompte guérison, il reprit le chemin de Franchard.

Les bonnes gens lui avaient offert à déjeuner, mais l'ermite les remerciant, comme d'habitude, leur fit voir qu'il avait ses petites provisions dans la poche de sa robe.

Arrivé en forêt, il s'assit près d'une source, appela les oiseaux, et se mit à couper son pain et ses poires. Dociles à sa voix, des oiseaux de toute sorte vinrent l'entourer, et becqueter le pain qu'il leur jetait, jusque sur les plis de sa robe de bure. L'ermite, se voyant seul avec cette compagnie ailée, rejeta en arrière son capuchon, qu'il portait habituellement fort rabaissé.

L'ermite de Franchard ne paraissait pas âgé de plus de trente-cinq à quarante ans. Sa barbe et

ses cheveux étaient fort noirs, et son visage basané, pensif et calme, régulièrement beau.

Il avait presque fini son frugal repas, lorsqu'une
voix d'homme, qui chantait un refrain bachique,
se fit entendre à peu de distance. Les oiseaux
s'envolèrent, l'ermite remit son capuchon, et un
garde forestier accompagné de deux grands
chiens qui fouillaient le bois, parut sur le chemin. En apercevant l'ermite, il s'écria : — Hé
bonjour, frère Sylvain! vous voilà bien tranquille et au frais, tandis que l'on vous réclame
à Franchard.

— J'arrive d'Arbonne, dit le frère, qu'y a-t-il
donc, Hubert ?

— Ce qu'il y a ? hé vraiment, toute une di-
nanderie de vaisselle, des provisions, des mulets
chargés, des tapissiers, des cuisiniers et des marmitons. On vous appelle à cor et cris pour avoir
la clef de votre jardin, où l'on veut dresser une
tente, une table, je ne sais quoi. Enfin le Roi doit
souper à Franchard, et dès la pointe du jour les
préparatifs ont commencé. Allez vite veiller à ce
qu'on ne ravage pas votre domaine.

L'ermite avait pâli, et paraissait fort contrarié.

— Je suis bien tenté de ne rentrer que ce soir, dit-il, voici ma clef, Hubert ; voudriez-vous aller veiller à ma place sur mes pauvres ruches ?

— Non point, mon frère, personne ne m'écouterait. Il n'y a qu'un prêtre ou un ermite qui puisse en imposer à cette valetaille. La reine a bien donné l'ordre qu'on ne touche à rien sans votre permission, mais si vous n'êtes pas là, ils se lasseront d'attendre, et escaladeront vos clôtures. Allez-y, et le plus vite possible, croyez-moi.

— Hélas, dit l'ermite, quel besoin ont ces grands de la terre de venir troubler ma chère solitude ? Allons ! puisqu'il le faut. Je vous remercie, Hubert.

Et il prit à grand pas le chemin de Franchard.

Avant d'y arriver, il entendit le bruit que faisaient les valets et les officiers de bouche. Ils

avaient déjà installé des fourneaux dans les ruines de l'Abbaye, et déballaient tout ce qui était
nécessaire pour dresser une table de trente couverts, une tente élégante qui devait abriter les
convives, et une autre, plus simple, destinée
aux musiciens du Roi. La prairie qui entourait
les ruines était si mal nivelée, si encombrée de
gros quartiers de roche, que le maître d'hôtel et
le tapissier du Roi avaient décidé qu'on mettrait
la table dans le jardin de l'ermite. Or, ce jardin
protégé contre les incursions des cerfs et des
sangliers par une petite muraille de pierres sèches doublée d'un treillis d'échalas haut de six
pieds, était fermé d'une porte solide, et des exprès avaient été envoyés dans toutes les direc-
tions pour ramener l'ermite et le prier d'ouvrir
son jardin. Dès qu'il parut, le maître d'hôtel et
dix autres personnages affairés coururent à sa
rencontre en réclamant sa clef. — Frère Sylvain
leur ouvrit son petit enclos, les avertit de ne pas
toucher aux ruches situées heureusement à l'extrémité opposée à l'entrée du jardin, et, jetant
un triste regard sur les planches de légumes,

d'herbes et de fleurs que l'on allait nécessaire-
ment fouler aux pieds, il se retira dans sa cellule.
Mais à peine en eût-il fermé la porte qu'un valet vint y frapper. — Que voulez-vous? dit
frère Sylvain.

— Il n'y a pas assez de sièges, dit le valet,
en avez-vous?

— J'ai deux escabeaux, pas davantage, les
voici.

— Oh! si vous n'avez que ceux-là, gardez-les.
On ira en chercher à Fontainebleau.

Un instant après, un autre messager vint
frapper: — Mon frère, où faut-il puiser de
l'eau?

— Il n'y a d'autre source à Franchard que la
Roche qui pleure, là-bas, près de ce grand
chêne.

— Mais, il n'en sort qu'une goutte toutes les
cinq minutes, mon frère. Vous devez connaître
une fontaine, dans les environs.

— Il n'y en a pas, je vous assure, à moins de
prendre de l'eau dans les mares.

— Ce sera bon pour la vaisselle, mais le Roi

trempe toujours son vin, les dames n'en boivent pas, et il nous faut de l'eau de source.

— Hé bien, allez au château, reprit frère Sylvain, mais de grâce laissez-moi en repos. Je ne suis pas un Moïse pour faire jaillir une source dans ce désert.

— Mais, reprit l'obstiné valet, que buvez-vous donc ?

— L'eau de la Roche qui pleure, dit l'ermite, et celle que je recueille dans ma petite citerne. Pour le moment elle est à sec. Il y a si longtemps qu'il n'a plu !

— Croyez-vous qu'il pleuve bientôt ?

— Oui, très probablement la nuit prochaine, il y aura de l'orage.

— Bon, ce sera pour compléter nos ennuis ! dit le valet. Conçoit-on pareille fantaisie ? vouloir souper dans un pareil désert, un pays affreux, où il faut tout apporter, tandis qu'au château.... Enfin, ces princes ne savent qu'imaginer pour ennuyer leurs gens.

Il s'en alla en grommelant. Sur son rapport, le maître d'hôtel lui commanda de monter à che-

4

val et d'aller requérir à Fontainebleau un tonne-
let d'eau de source et plusieurs barils de glace.
Et le messager partit d'autant plus vexé que ses
compagnons préparaient leur dîner en faisant rôtir en plein air un mouton tout entier.

L'ermite s'était mis à lire dans la Fleur des
Saints la vie de saint Fiacre : c'était le saint du
jour, et sa vie d'ermite jardinier offrait de telles
analogies avec celle du frère Sylvain, qu'il la lisait chaque année avec un nouveau plaisir,
mais, cette fois, le bruit qui se faisait dans
son jardin l'inquiétait et lui occasionnait bien
des distractions. Il entendait les coups de
maillet donnés sur les piquets de la tente, et les
ordres, les contr'ordres, le bavardage et les dis-
cussions des ouvriers et des valets. — Hélas, se
disait-il, ils vont faire de mon pauvre jardin une
jachère. Pourvu qu'ils ne cueillent pas mes pommes et mes poires, ou, du moins qu'ils ne bri-
sent pas les branches !

Il sortit pour y aller voir. Un vieux domestique à moustache grise, ancien soldat, se promenait le long des plates-bandes. — Rassurez-

vous, mon frère, lui dit-il : la Reine, à qui madame de Motteville a beaucoup parlé de vous, m'a donné ordre de veiller à ce qu'on ne vous fasse aucun tort. Je ne puis empêcher que l'on marche sur l'oseille, mais si un de ces galopins touchait à vos fruits, je lui couperais les oreilles, vrai comme j'ai perdu un œil à Rocroy.

L'ermite le remercia et rentra dans son étroite demeure, se promettant de s'y tenir caché jusqu'à la nuit.

La journée fut très chaude, et la brillante cavalcade qui escortait le Roi ne sortit des jardins de Fontainebleau que vers trois heures. Olympe Mancini, comtesse de Soissons, s'était mollement couchée dans une calèche basse ; toutes les autres dames, vêtues de pourpoints brodés et de longues jupes de drap de soie de couleur éclatante, coiffées de chapeaux à plumes assorties, chevauchaient avec Louis XIV. Il eût été difficile de voir plus jolie troupe. Le Roi et Monsieur, très beaux tous deux, effaçaient non seulement les jeunes seigneurs qui les suivaient, mais encore l'éclat des visages féminins. Il est vrai que Marie Mancini était fort brune, ses sœurs Hortense et Marianne, encore des enfants, madame la comtesse de Soissons un peu souffrante, Mademoiselle sur le déclin, et mesdames et mesdemoiselles de Créqui, de Vivonne, de Fouilloux, etc., plutôt agréables que belles. Mais une jeune dame nouvellement arrivée à la cour, et que Mademoiselle avait amenée, attirait les regards, d'abord par son costume gris et noir et son bandeau de veuve, puis par une beauté blonde des plus gracieuses. L'écuyer de Mademoiselle, Gaston de Neverly, s'occupait beaucoup de rendre des soins à cette belle, et personne n'y trouvait à redire, attendu qu'il était à marier, elle veuve, et de plus, qu'ils étaient cousins.

En arrivant sur le plateau de Franchard toute cette belle compagnie s'exclama sur la vue admirable qu'on découvrait de là. Les dames mirent pied à terre et allèrent se reposer dans le

jardin de l'ermite. Un goûter composé de gâteaux, de fruits à la glace, et de chocolat d'Espagne, leur fut servi, et le Roi et Mademoiselle
donnèrent l'exemple d'un appétit tout bourbon-
nien. Pendant le goûter les vingt-quatre violons
du Roi jouèrent leurs plus agréables concertos, et
lorsque Louis XIV se leva de table, Marie Mancini proposa de danser.

— Danser ici ! s'écria Mademoiselle. Oh non,
c'est trop près de la chapelle ; cela scandaliserait
l'ermite. Allons plutôt nous promener sous
bois : allons voir la Roche qui pleure.

— Ma cousine parle d'or, dit le Roi : Pourrez-
vous marcher, madame ? ajouta-t-il en s'adressant
à la comtesse de Soissons.

— Certainement, Sire, l'exercice à pied m'est
fort bon : Mais où est donc l'ermite ?

— Nous le ferons appeler plus tard, dit le Roi :
Allons voir cette roche à cœur tendre, cette
roche qui pleure.

Ils y allèrent, puis madame la comtesse de
Soissons eut fantaisie de se promener dans la
gorge de Franchard, parmi les roches éboulées

et les ravins fleuris d'ajoncs et de bruyère. Ses
sœurs, Louis XIV et plusieurs autres personnes
la suivirent et la dépassèrent bientôt dans cette
course aventureuse, mais Monsieur, Mademoiselle, le comte de Neverly, madame de Chazelles,
mademoiselle de Vandy et la petite demoiselle de
Fouilloux, préférèrent rentrer dans le jardin de
l'ermite, et firent porter des pliants sous une
tonnelle couverte de vigne, d'où l'on découvrait toute la gorge de Franchard, et au delà,
un grand horizon boisé. Là, tout en agitant de
grands éventails pour chasser les moustiques
féroces si communs dans la forêt de Fontainebleau,
les dames s'amusèrent à regarder paraître et disparaître parmi les rochers de Franchard les élé-
gants personnages de la suite du Roi. C'était,
parmi eux, à qui monterait le plus haut et le
plus vite. Les dames rivalisaient d'intrépidité
avec les gentilshommes.

— Mais je crois que la comtesse de Soissons
devient folle, s'écria Mademoiselle. N'est-ce pas
elle que je vois là-bas, debout sur ce rocher
pointu, et agitant une branche d'arbre ?

— Non, c'est Mademoiselle Hortense, dit M. Gaston de Neverly, je reconnais sa jupe couleur de rose. Mademoiselle Marie est un peu au dessous d'elle.

— Mon frère n'en est pas loin, alors, dit Monsieur, je le gagerais.

— Fi, mon cousin ! dit Mademoiselle : vous devenez mauvaise langue.

— Vous n'auriez pas bonne grâce à me gronder, ma cousine. Pas plus tard qu'hier soir je vous ai entendue dire à madame de Chazelles ici présente : que cette petite Mancini est donc insupportable de parler à l'oreille du Roi comme elle le fait ! Si j'étais à la place de la Reine, je sais bien ce qu'il lui en coûterait. Est-ce vrai, madame de Chazelles?

— Je ne me souviens pas bien, dit la jeune dame en rougissant.

— Mentez, mentez, madame, s'écria le jeune prince, cela vous va si bien de rougir ! vrai, si vous ôtiez ce vilain bandeau, vous auriez l'air d'avoir quinze ans. Que vous êtes charmante, et que je suis content de vous avoir fait mentir !

Toute la compagnie riait, et madame de Chazelles prit le parti de rire comme les autres.

— Monsieur a très grand tort de se réjouir
parce que vous avez commis un péché, madame,
dit Mademoiselle, mais quant au bandeau, je suis
de son avis. Pourquoi le portez-vous encore? votre
deuil est fini, archi-fini, et on sait bien que vous
n'êtes pas précisément au désespoir d'être veuve?

— Sans compter, murmura mademoiselle de
Fouilloux, que je connais quelqu'un qui ne lais-
sera pas durer trop longtemps ce veuvage.

— Que dites-vous là, Fouilloux? s'écria la princesse : une sottise, bien sûr; je la devine. Vous
dites que madame de Chazelles se remariera.
Point du tout : je compte, au contraire, qu'elle
viendra habiter avec mademoiselle de Vandy,
monsieur de Neverly et moi, sans compter bien
d'autres personnes de mérite, l'ermitage où je
veux me retirer.

— Votre Altesse Royale veut se faire ermite,
et moi aussi ! s'écria Gaston de Neverly. Ah! je le
veux bien, mais, d'honneur, en voici la première
nouvelle.

— Que vous êtes étourdi, monsieur ! Comment, vous avez oublié cette soirée que nous passâmes au Luxembourg, l'hiver dernier, en revenant de la foire Saint-Germain, et les beaux projets que nous fîmes avec mademoiselle de Vandy, Préfontaine et Segrais ?

— Je crois, en effet me rappeler quelque chose. . . dit Neverly en ayant l'air de réfléchir : Oui, c'est cela. Il était question d'habiter la campagne toute l'année, de se promener, de faire de la musique, des vers, des peintures, des tapisseries, de danser, aussi, je crois, sans compter la chasse, le jeu, la comédie et toute espèce de divertissements honnêtes. Mais il y avait quelque chose de défendu, sous peine d'exil éternel, quelque chose. . . ma foi, j'ai oublié quoi.

— Votre mémoire est courte, monsieur, puisque vous oubliez justement l'essentiel. Hé ! bien, je voulais que dans le séjour où je projette de réunir mes amis et de passer avec eux toute ma vie, je voulais qu'il ne fût jamais question ni de galanterie, ni de mariage, et que l'on vécut comme vivent des frères et des sœurs, dans le

4

paisible et honnête commerce de l'amitié la plus pure.

— Dans quel pays sera établie cette sublime communauté ? demanda Neverly de l'air le plus sérieux qu'il put prendre.

— Mais... à Saint-Fargeau peut être, au château d'Eu, ou à Champigny ; peu importe. L'essentiel, c'est la règle. Qu'en dites-vous, mon cousin ?

— Hélas, ma cousine, la règle est admirable, mais si vous remplissez le noviciat, je m'étonnerai, et si quelqu'un fait profession, je l'irai dire à Rome.

Mademoiselle piquée, allait répondre, lorsque mademoiselle de Vandy, pour faire diversion, s'écria : — Je viens de voir l'ermite fermer ses volets. Pourquoi donc cet incivil personnage ne vient-il pas saluer Mademoiselle ?

— C'est ce que je vais aller lui demander, si Son Altesse Royale le veut bien, dit Neverly.

— J'y veux aller moi même, dit la princesse, qui ne pouvait rester tranquille une heure de suite. Je le consulterai sur mes projets d'ermitage.

Elle se leva, Neverly lui présenta la main, et marchant d'un pas délibéré, la princesse alla frapper à la porte de l'ermite.

— Ouvrez! dit Neverly, ouvrez à Son Altesse Royale, Mademoiselle de Montpensier.

L'ermite ouvrit, et s'effaçant pour laisser entrer ses hôtes, referma ensuite la porte derrière eux, présenta un siège à la princesse, et se tint debout et incliné devant elle, en silence.

Les volets étaient presque fermés, et ce ne fut qu'au bout d'un instant que les yeux de la princesse, s'accoutumant à l'obscurité, distinguèrent les détails de l'ameublement de la cellule.

Elle ne contenait qu'un grabat fort étroit, une table de chêne brut, un bahut, deux escabeaux et un crucifix. Sur le rebord de la cheminée à hotte, était posée entre deux bouquets blancs une petite statuette de la Vierge, et un livre ouvert sur la table, quelques papiers et une écritoire de plomb, témoignaient des goûts studieux de l'ermite. Aux solives du plafond étaient suspendues des guirlandes de plantes séchées, et l'air de la cellule, imprégné de leur parfum, était frais et agréable à respirer.

— Je n'ai pas voulu visiter la chapelle sans vous, mon frère, dit la princesse, et, lasse d'attendre qu'il vous plût de vous montrer, je suis venue vous chercher. Pourquoi donc vous cachez-vous ainsi ? Savez-vous que c'est peu gracieux ?

— Je prie Mademoiselle de me pardonner, dit l'ermite très bas ; j'ai dit adieu au monde, j'ai choisi la vie cachée, et je suis devenu presque muet à force d'avoir gardé le silence.

Au son de la voix de l'ermite, Neverly avait tressailli. Il fit un pas en avant, et tâcha d'apercevoir le visage de frère Sylvain. Mais l'ermite avait rabattu son capuchon et se tenait dans l'ombre.

— Il y a donc bien longtemps que vous êtes ici, mon frère.

— Il y a sept ans, princesse.

— Sept ans seulement? Mais, à Fontaine-bleau, j'ai entendu parler de l'ermite de Fran-chard dans ma petite enfance.

— L'ermite qui m'a précédé ici, Mademoiselle, est mort il y a six ans, presque centenaire. J'avais passé une année avec lui. Depuis sa mort; j'ai vécu seul.

— Et le temps ne vous dure pas?

— Non, Mademoiselle.

— C'est étrange. Voulez-vous me conduire à la chapelle?

— Je n'ai qu'une porte à ouvrir pour cela, dit l'ermite.

Il s'avança vers le fond de la cellule, et la porte qu'il ouvrit laissa entrer un rayon de soleil qui illumina la chambre.

La chapelle était petite, fort simple, mais tenue avec soin. A droite de l'autel, et devant une statue de Notre-Dame des Bois, brûlait une lampe d'argent.

La princesse s'agenouilla, ses deux com-pagnons l'imitèrent, puis, après une courte

oraison, l'ermite ayant ouvert la porte de l'exté-
rieur, se tint près du seuil, comme s'il attendait
le départ de la princesse.

Mademoiselle sortit, un peu déconcertée par le
mutisme de l'ermite, et Neverly, en passant
devant lui, s'approcha de son oreille, et murmura
ces mots : — ou tu es Henri d'Aiguebelle, ou tu es
son ombre !

L'ermite se détourna vivement, et rentra dans
sa cellule sans répondre un seul mot.

Un page du Roi venait d'entrer dans le jardin
de l'ermite, porteur d'un message verbal de Sa
Majesté. Louis XIV ordonnait aux violons d'aller
le retrouver au bas de la gorge de Franchard et il
priait Monsieur et Mademoiselle de venir l'y rejoindre. Le soleil allait bientôt se coucher, et la
princesse qui craignait fort d'être surprise par la
nuit, hésita et fit mine de refuser l'invitation du
Roi, mais Monsieur lui assura qu'il voyait fort bien

l'endroit où était son frère, et qu'on y arriverait en dix minutes.

Le chemin n'était pas long, en effet, mais si accidenté que mademoiselle de Vandy tomba trois fois, Monsieur quatre, et que Mademoiselle en eût fait autant, sans l'appui du bras de Neverly. Enfin, on arriva près du jeune Roi. Les violons jouaient un passe-pied, et toute la jeunesse dansait sur le gazon, dans un petit cirque naturel formé par des rochers, vraie salle de danse construite à l'usage des fées. Les dames avaient ôté leurs chapeaux à plumes, et mis des fleurs et des papillons dans leurs cheveux. Ces jolis œillets pourprés que la forêt de Fontainebleau produit en abondance, ressortaient à merveille dans les boucles brunes de Mlles Mancini, et les blondes s'étaient couronnées de marguerites et de campanules azurées. Chaque cavalier portait à la boutonnière de son pourpoint un bouquet de fleurs semblables à celles de la belle qu'il conduisait, et les derniers rayons du soleil teintaient d'un or rosé les arbres, les rochers, les musiciens et les danseurs. Les nouveaux arrivés se mêlèrent à la danse, mais ce ne fut que pour quelques instants. Le soleil disparut sous un nuage, le crépuscule tomba rapidement, et il fallut remonter à l'ermitage par un sentier de chèvres, où l'on faisait presqu'autant de glissades que de pas.

Lorqu'on y arriva, la nuit était close, mais la tente illuminée attendait les convives, et un souper splendide répara leurs forces et ranima leur gaîté.

— Est-il vrai, ma cousine, demanda le Roi à Mademoiselle, est-il vrai que vous avez vu l'ermite ?

— Oui, sire, et je puis vous assurer que c'est un ermite bien peu sociable, et qui ne dit presque rien. Il reste la tête couverte d'un vilain capuchon; on ne voit de son visage qu'une barbe effroyable; c'est un ours, et un ours mal léché.

— En ce cas, dit Olympe Mancini, je ne le veux point voir.

— Pourtant, dit le Roi, je serais fâché d'être venu ici sans lui faire quelque présent. Il doit être fort pauvre, cet ermite. M. de Neverly, allez le trouver, je vous prie, demandez lui ce dont il a besoin pour lui ou pour sa chapelle, je le lui enverrai demain.

Neverly s'empressa d'obéir au Roi, et, sortant de la tente, traversa le jardin; une faible lumière éclairait la cellule de l'ermite, et filtrait entre les volets presque fermés. Neverly se haussant sur la pointe des pieds, appliqua son œil à cette ouverture, et regarda dans la cellule. L'ermite lisait à la lueur d'une petite lampe, et son capuchon, rejeté en arrière, laissait voir son visage.

— C'est lui! se dit Neverly : je n'en puis plus douter. Il alla frapper à la porte. L'ermite éteignit sa lampe, vint ouvrir, et se tint sur le seuil sans prier M. de Neverly d'entrer.

Celui-ci fit la commission du Roi.

— Dites à Sa Majesté que je lui rends mille

grâces : je n'ai besoin de rien, et la chapelle est pourvue de tout le nécessaire.

— Mais, mon frère, le Roi sera mécontent de vous si vous ne répondez à ses bontés que par un refus tout sec. Votre jardin a été gâté; il est juste que vous en soyez dédommagé.

— Hé bien, monsieur, priez Sa Majesté de faire murer les portes de la vieille abbaye, afin qu'elle ne soit plus hantée par les vagabonds et les braconniers.

— Je le dirai, mon frère, mais de grâce, ne faites pas plus longtemps semblant de ne pas me connaître. Vous êtes Henri d'Aiguebelle, mon ami, mon compagnon d'autrefois !

Mais frère Sylvain avait déjà refermé la porte, et Neverly approchant sa bouche du trou de la serrure, lui dit : — Je reviendrai, frère Sylvain, et bon gré mal gré, je saurai tout demain.

Lorsque Neverly reprit sa place à table, le Roi ne songeait déjà plus à l'ermite. Il parlait de musique, et discutait avec la comtesse de Soissons sur la beauté d'un air que Lulli avait composé depuis peu sur des paroles de Racan.

— Je n'ai entendu cet air qu'une fois, disait le Roi, mais il m'a paru languissant et plus triste qu'il ne conviendrait aux paroles. Je crois, madame, que vous le jugez trop favorablement. Baptiste, cette fois, est resté au-dessous de lui-même.

— De quel air est-il question? demanda Neverly à Mme de Chazelles.

— De celui que je vous chantai le mois dernier à Paris, monsieur.

— Sire, s'écria Neverly, permettez-moi de plaider pour Lulli. Ne le condamnez pas avant d'avoir entendu cet air chanté par Mme de Chazelles, et permettez-moi de l'accompagner.

Tirant alors de sa poche un petit luth, merveilleux instrument qu'il avait rapporté d'Italie, le jeune gentilhomme l'accorda prestement; et,

sur la demande du Roi, la jeune veuve chanta
d'une belle voix de contralto :

O bienheureux celui qui peut de sa mémoire
Effacer pour jamais les vains pensers de gloire,
Dont l'inutile soin traverse nos plaisirs,
Et qui loin retiré de la foule importune
Vivant dans sa maison content de sa fortune,
A, selon son pouvoir, mesuré ses désirs !

. . . .
. . . .

Agréables déserts, séjour de l'innocence
Où loin des vanités de la magnificence
Commence mon repos et finit mon tourment :
Vallons, fleuve, rochers, plaisante solitude,
Si vous fûtes témoins de mon inquiétude,
Soyez-le désormais de mon contentement.

Dès qu'elle eut fini, un concert de louanges
et d'applaudissements récompensa la belle
chanteuse, et Neverly, se hâta d'écarter le rideau
de la tente et de regarder du côté de l'ermitage. Il vit que la fenêtre en était ouverte,
et le clair de lune lui montra la tête de
l'ermite, qui semblait écouter encore.

Un page vint parler bas au Roi. — Mesdames,

dit Louis XIV, on m'avertit que les calèches sont prêtes, et que le tonnerre commence à gronder dans le lointain. Nous ferons prudemment de retourner au château, je crois.

— Déjà, s'écria Marie Mancini : il est à peine dix heures. Ce serait très beau un orage à Franchard !

— Grand merci ! dit Mademoiselle : j'aime mieux le voir de ma chambre de Fontainebleau. Partons vite, vite. Ces grands arbres attirent la foudre, et un coup de vent suffirait pour enlever cette tente légère.

Quelques minutes après, toutes les dames étaient en voiture, le Roi et sa suite à cheval, les pages portant des torches éclairaient la marche, et tandis que carrosses et cavaliers s'éloignaient, les vingt-quatre musiciens s'entassaient dans trois carrosses, les serviteurs se hâtaient d'emballer la vaisselle d'argent et d'expédier les reliefs du souper, et, tout en vidant les derniers flacons, rechargeaient les mulets et remplissaient un chariot des meubles et des ustensiles apportés le matin. Le ciel se couvrait, et ces rafales de vent qui précèdent les orages, commençaient à courber la cîme des arbres de la forêt.

Fatigué d'être resté enfermé presque tout le jour, l'ermite s'était promené quelques instants dans son jardin. Il rentra, pria Dieu, et s'étendit sur son lit de fougère. Mais le sommeil ne vint pas. Il croyait toujours entendre la belle voix qu'il avait écoutée deux heures auparavant, et, cette voix, il la reconnaissait. Pauvre Sylvain! il l'avait entendue jadis, alors qu'heureux fiancé de Diane de Malnove, il passait de longues heures à faire de la musique avec elle et sa mère, tantôt guidant leur barque sur les flots de l'Oise, tantôt assis à leurs pieds dans le grand salon du château de Malnove.

— Que m'importe cette voix? se disait-il, quand même ce serait elle qui fut venue là, elle, qui m'a trahi, oublié, elle qui est depuis sept ans la femme d'un autre?... Je n'y dois plus

penser. Syrène perfide, elle a brisé toutes mes
espérances, je ne lui dois que le mépris, et je
croyais l'avoir oubliée. Et ce Neverly ! va-t-il
encore revenir ranimer les souvenirs du passé,
rouvrir cette blessure que je croyais fermée ?
Je ne l'attendrai pas. Demain, je partirai : j'irai
me cacher aux Camaldules, jusqu'à ce que la
cour s'éloigne de Fontainebleau. Mais qui me
délivrera de ce chant, de cette voix imaginaire ?

Il se leva, sortit et monta sur un rocher très
élevé, espérant que le vent de la nuit rafraî-
chirait son front brûlant. De là l'ermite contempla les nuages sillonnés d'éclairs qui cachaient
de plus en plus l'azur du ciel. Un grand silence
régnait dans la forêt.

Tout à coup, dans la direction de Fontainebleau, frère Sylvain aperçut une lueur, et une
flamme qui s'élevait. Elle grandit rapidement,
des gerbes d'étincelles jaillirent, et des cris loin-
tains se firent entendre. Le feu était à la forêt.
L'ermite redescendit à la hâte vers sa maison,
prit une hache et courut dans la direction de
l'incendie. Il n'y avait plus personne à Fran-

chard, mais, à mesure qu'il avançait sur le chemin de Fontainebleau, il entendait des appels, des sonneries de cor, des coups de sifflets, des cris : au feu ! l'alarme était donnée et tous les gardes des environs couraient vers l'incendie.

A un carrefour l'ermite rencontra Hubert, qui se hâtait, traînant une petite pompe sur un chariot. L'ermite s'y attela avec lui, et Hubert s'écria : — Ces étourdis de pages auront jeté une torche dans le taillis. Si c'est à l'Epine, il y a une mare tout auprès, mais si c'est sur la hauteur, il faudra bien jouer de la hache. Où est le feu ? cria-t-il à un homme à cheval qui accourait

— A l'Epine, cria le garde, je vais chercher la pompe d'Hubert.

— La voici, en avant!

Ils couraient à perdre haleine. La lueur de l'incendie grandissait, et illuminait les profondeurs des bois. Les oiseaux de nuit jetaient des cris lugubres, les cerfs et les biches s'enfuyaient, franchissant rapidement les buissons et passaient tout près des hommes sans paraître les voir, tant la frayeur affolait ces pauvres bêtes.

Bientôt, Hubert et l'ermite arrivèrent en présence du feu. Il couvrait déjà près d'un arpent de taillis, et plus de deux cents hommes accourus de Fontainebleau, abattaient des arbres et tâchaient d'isoler l'incendie. Une mare était auprès. Hubert se hâta de placer sa petite pompe, et réussit à lancer quelques jets d'eau, tandis que l'ermite, d'un bras vigoureux, abattait de jeunes bouleaux. Le tumulte était grand : il arrivait sans cesse des secours, mais la flamme allait encore plus vite que la hache, et les crépitements de l'incendie augmentaient.

Un juron effroyable échappa au brave Hubert; — plus d'eau! s'écria-t-il, et je n'ai pas de cognée ! encore une heure et tout ce quartier de forêt sera perdu. Et dire qu'il tonne si fort, et qu'il ne tombe pas une goutte d'eau ! Dites donc au bon Dieu de faire pleuvoir, Sylvain !

— Cela commence, dit l'ermite.

En effet, un effroyable coup de tonnerre retentit, et une pluie diluvienne tomba. Tout près de là était une grotte : Hubert y entraîna l'ermite en lui disant: — A quoi sert de nous mouiller?

4..

puisque le ciel s'en mêle, laissons-le faire et re-
gardons.

Les flammes luttèrent encore une demi-heure,
mais la pluie triompha enfin de l'incendie, et
aux premières lueurs du jour, quelques tourbillons de fumée marquaient seuls les places où le
feu couvait encore. Mais il avait dévoré plus de
deux arpents de la forêt, et de nombreux arbres
abattus étendaient leurs rameaux flétris autour
d'un grand espace couvert de cendres et de
charbons à demi éteints.

Hubert était retourné chez lui ; quelques gardes erraient sur le lieu de l'incendie, armés de
bêches, et recouvraient de terre les endroits encore incandescents. — L'ermite, vaincu par la
fatigue, s'était endormi dans la grotte.

Vers six heures, un cavalier parut à la lisière
du bois. C'était Gaston de Neverly. Il venait, en
curieux, demander des nouvelles, et constater
les ravages du feu. Il interrogea les gardes présents, et leur annonça que le Roi ne tarderait pas
à venir, et les récompenserait de leurs peines.

— Prévenez vos camarades, dit-il, pour sûr

il y aura ce matin bonne distribution de pistoles;
peu s'en est fallu que le Roi ne vînt cette nuit :
il montait à cheval lorsque la pluie a commencé.

— Heureuse aventure ! dit le garde, jamais
pluie ne tomba plus à propos. Mais quelle imprudence que celle de courir en forêt avec des
torches ! Dieu veuille que l'accident de cette
nuit serve de leçon ! Sa Majesté fera bien de
nous gratifier, nous avons rudement travaillé
tous, sans compter l'ermite, et les piqueurs du
Roi.

— L'ermite était là ?

— Certainement, et il a coupé à lui seul plus
de vingt arbres. Frère Sylvain a dû être bûcheron dans sa jeunesse, pour sûr, mais il était si
fatigué qu'il n'est pas retourné chez lui. Il dort
là, dans cette grotte.

— Gardez-moi mon cheval, je vous prie, dit
Neverly en mettant un écu dans la main du
garde, et emmenez-le là-bas, vers ce chêne. Je
veux parler à frère Sylvain.

Il mit pied à terre, et, marchant sans bruit,
s'avança vers la grotte.

Couché sur un amas de feuilles sèches frère Sylvain dormait profondément. Son chapelet était enroulé autour de ses mains croisées sur sa poitrine, et sa tête aussi pâle et immobile que celle d'une statue.

Neverly s'assit sur une pierre, à côté de lui, et le contempla quelques instants. — Le voilà donc, se dit-il, cet Henri d'Aiguebelle, qui semblait destiné à parcourir une si brillante carrière ! Qui aurait prédit qu'un chagrin d'amour aurait fait de lui un misérable ermite, eût passé pour fol. Et le voilà cependant, revêtu d'un froc, mais il doit bien s'être repenti déjà de son extravagance, et je prétends le tirer de là lestement. Allons, frère Sylvain, réveillez-vous, debout ! debout !

Frère Sylvain ouvrit les yeux en tressaillant. — Qui m'appelle ? dit-il.

— Ton compagnon d'autrefois, ton meilleur

ami, toujours, Gaston de Neverly! Embrasse moi : n'essaie plus de te cacher. Je t'apporte de bonnes nouvelles, morbleu, et j'espère bien qu'elles te feront jeter le froc aux orties.

— Gaston, dit le frère, je suis heureux de vous revoir, mais si vous m'aimez, si vous ne voulez pas m'obliger à m'expatrier, ne dites à personne qui je suis, laissez-moi vivre en paix à l'ombre de ces bois. J'ai trop souffert dans le monde pour y rentrer jamais.

— Quelle folie! Quoi, parce que ma belle cousine Diane a cédé aux ordres de ses parents, et pour terminer un grand procès, accommoder les affaires de sa famille, et devenir marquise de Chazelles, a oublié ses promesses d'enfant ? Mais sur cent jeunes filles, cent eussent fait comme elle. Il fallait l'oublier, essayer d'en aimer une ou deux autres.

— On n'aime qu'une fois comme je l'ai aimée, dit l'ermite.

— Et tu l'aimes encore ?

— Non, grâce à Dieu.

— L'as-tu entendue chanter, hier soir ?

4...

— Tais-toi, Gaston : je croyais m'être trompé. C'était donc elle ?

— Oui, c'était Diane. Elle est veuve, elle est libre. Elle s'est repentie bien des fois de t'avoir trahi. Elle a été bien malheureuse avec Chazelles. Enfin, il a eu l'esprit de mourir, la laissant son héritière. Elle n'a pas d'enfants, elle est toujours aimable, et si tu veux, je te réponds d'elle. Une aventure comme la tienne est pour la charmer : toute la cour en parlerait, et Mlle de Scudéry en ferait un roman.

— Vous avez toujours été un peu fou, Gaston. Mais, si je l'ai été aussi, je ne le suis plus. Ne me parlez plus de cette personne.

— Soit, mais contente un peu ma curiosité. Je te croyais en Pologne. Ta sœur le disait. Elle prend soin de tes biens, et t'attend toujours à Aiguebelle. N'y retourneras-tu pas ?

— Jamais : j'ai trouvé mieux que le monde ne peut m'offrir. Mais tu ne me comprendrais pas. Adieu, je vais retourner à Franchard.

— J'y retournerai aussi, s'écria Gaston, et je te persécuterai jusqu'à ce que tu renonces à ta

folie. Ecoute, si tu as fait des vœux, le Pape
peut t'en relever. Il y aura bientôt une guerre,
dit-on. Nous irons nous battre contre les Espa-
gnols, le Roi te distinguera...

Frère Sylvain était sorti de la grotte, et, sans
écouter Gaston, regardait les arbres abattus et
noircis par le feu.

— Pauvres arbres ! dit-il, hier encore si beaux,
si verdoyants ! Et c'est moi qui vous ai brisés
pour empêcher les flammes de s'étendre plus
loin, moi, qui vous aimais tant ! ô mon Dieu, à
l'aspect de ces ruines passagères que le printemps
relèvera si vite, je sens mon cœur se serrer dou-
loureusement. Et j'irais chercher les champs de
bataille, je rentrerais dans ce monde égoïste et
perfide, où l'on fait litière des promesses les
plus saintes, des affections les plus dévouées !
j'irais livrer aux risées des courtisans les douleurs
de ma jeunesse, et les consolations incompré-
hensibles pour eux, que Dieu me donne dans
ces déserts ? Ne l'espérez pas, Gaston : promettez-
moi que vous ne nommerez à personne l'ermite
de Franchard.

— Je t'en donne ma parole d'honneur ; mais à une condition : promets-moi de réfléchir à ce que je t'ai dit, et demain, si tu veux donner suite à mes projets, si tu me permets de parler de toi à Mme de Chazelles, viens ici à six heures du soir. J'y serai. Aimes-tu mieux que j'aille à l'ermitage ?

—— Non, dit frère Sylvain : je préfère que vous veniez ici. Adieu.

Il partit, et Gaston, remontant à cheval, retourna au château de Fontainebleau.

Un peu avant l'heure du dîner du Roi, Gaston aperçut de loin, dans la cour des Fontaines, madame de Chazelles et sa suivante, qui s'amusaient à jeter du pain aux carpes.

Il alla saluer la belle veuve, qui l'accueillit fort bien, et ce Gaston, qui était grand causeur, et ne pouvait garder le moindre secret, crut ne pas manquer à sa parole en racontant à ma-

dame de Chazelles l'histoire de l'ermite, avec la
précaution de changer les noms. Il mit l'aventure sur le compte d'un ermite italien du
quinzième siècle, et assura l'avoir lue dans un
vieux bouquin dont la dernière page manquait.

— Je voudrais deviner la fin de l'histoire,
dit-il, mais je n'ai pas assez d'esprit pour cela.
Comment pensez-vous qu'elle ait fini, madame?

— Mais je ne sais, en vérité. C'est bien un
peu ridicule d'épouser un défroqué; pourtant
cet ermite est intéressant, et la dame avait fort
à réparer envers lui, puisqu'elle lui avait fait
tant de chagrin.

— Qu'auriez-vous fait à sa place, madame?

— Moi! oh, pour sûr, je l'aurais laissé dans
son ermitage, mais je n'ai pas le cœur tendre,
vous le savez, ajouta-t-elle en riant. C'est pour
cela que Mademoiselle me trouve si fort à son
gré. La voici qui vient. Adieu, mon cousin. Et
elle traversa la cour des Fontaines d'un pas si
leste et si gracieux que Neverly se dit: — sot que

je suis ! je ferais bien mieux de parler pour moi que pour autrui. Mais je me suis trop avancé pour reculer. J'irai ce soir au rendez-vous.

C'était l'heure d'or ; les rayons du soleil déclinant perçaient l'épaisseur du feuillage, et la forêt, rafraîchie par l'orage de la veille, était plus belle et plus parfumée que jamais. Neverly, en retard, pressait son cheval, et courait au galop sous les futaies sonores.

En arrivant à la grotte, il s'écria : personne ! un homme assis à terre, sous un buisson de génévrier, se leva. C'était Hubert.

— Vous cherchez frère Sylvain, monsieur, dit-il, il ne viendra pas. Il est parti en voyage, pour plusieurs mois, mais il m'a remis ceci pour vous.

Gaston prit la lettre, remercia Hubert, et lui donna une bonne étrenne. Au fond, il était charmé que l'ermite ne fût pas venu.

Il repartit au galop, s'arrêta dans une clairière, et, laissant son cheval broutiller le feuillage, lut la missive de frère Sylvain.

« Lorsque vous lirez cette lettre, écrivait l'ermite, j'aurai quitté l'asile où j'ai trouvé une paix profonde, et des joies que je vous souhaite de connaître un jour. J'y reviendrai, lorsque le départ de la cour m'assurera de n'être plus troublé dans ma solitude. Je vous remercie de votre amitié, bien que les marques qu'il vous a plu de m'en donner n'aient pas été telles que je les eusse souhaitées. Je prierai pour vous et pour la personne dont vous m'avez parlé. S'il vous plaît de vous embarquer avec elle sur les flots changeants de la vie mondaine, que Dieu vous protège et vous conduise au port !

« J'y suis déjà : ma nef n'affrontera plus les tempêtes. La prière, l'étude, la contemplation des œuvres de Dieu, me rendent heureux dans la solitude. La forêt m'est devenue comme une patrie, et Dieu parle à mon cœur dans le silence des bois.

« Adieu donc ; ne vous souvenez plus de moi

que comme on se souvient des morts qu'on a
aimés et qui nous attendent dans un monde
meilleur.

Frère Sylvain. »

Quelques semaines après, le Roi, avant de
quitter Fontainebleau, signa le contrat de mariage de Gaston de Neverly et de madame de
Chazelles, au grand déplaisir de Mademoiselle,
qui comptait sur eux pour en faire des ermites
à sa façon. Ils firent assez bon ménage pendant
cinq ou six mois, puis la légèreté de l'un et les
caprices de l'autre amenèrent des brouilleries
qui déplurent à Mademoiselle. Congédiés par
cette princesse, monsieur et madame de Neverly
s'en allèrent en province, et s'y ennuyèrent hon-
nêtement jusqu'à la fin de leurs jours.

Quand à l'ermite, il revint à Franchard et n'en
sortit plus. Comme son prédécesseur il vécut
près d'un siècle, et sa robuste vieillesse ressem-

blait à celle des grands chênes de la forêt de Fontainebleau.

Personne après lui ne vint habiter son ermitage, et s'il s'est rencontré de nos jours un homme assez passionné de la forêt pour consacrer sa vie et sa fortune à en multiplier les sentiers, si les peintres et les poëtes en retraçent à l'envie les beautés sévères ou charmantes, personne, comme le frère Sylvain, ne l'a plus assez aimée pour en faire sa demeure et son tombeau, personne n'a joui comme lui de la solitude de ces déserts et de ces mystérieuses harmonies qui résonnent doucement et toujours sous les ombrages de Fontainebleau. Le temps des ermites est passé.

5

MORETTA

A MADAME FRÉDÉRIQUE CHARAVAY

MORETTA

Parlerai-je des bontés de la Reine pour ses domestiques, et ferai-je retentir encore les cris de
sa maison désolée? Et vous, pauvres de Jésus-
Christ, pour qui seuls elle ne pouvait endurer
qu'on lui dît que ses trésors étaient épuisés; vous,
pauvres volontaires, victimes de Jésus-Christ, religieux, vierges sacrées, âmes pures dont le monde
n'était pas digne...... vous qu'elle assistait avec de
si saints empressements...... heureuse de se dé-
pouiller d'une majesté empruntée..... quel admirable panégyrique prononceriez-vous par vos gémissements à la gloire de cette princesse s'il m'était
permis de vous introduire dans cette auguste
assemblée ! (1) »

I

EN FORET

C'était jour de grande chasse : la forêt de
Fontainebleau retentissait des fanfares du cor et
des aboiements des meutes, et Louis XIV,

1. Bossuet. *Oraison funèbre de Marie-Thérèse d'Autriche.*

suivi d'un nombreux cortège, parcourait au galop l'avenue d'Avon. Bientôt un cerf fut lancé. Tandis que tous les cavaliers se hâtaient à la suite du Roi, et franchissaient halliers et ravins, les carrosses des dames, suivant les routes praticables, se dirigèrent vers le carrefour de la croix de Montmorin.

La Reine Marie-Thérèse suivait aussi la chasse dans une légère calèche, et n'ayant avec elle que la duchesse de Montausier. Le temps était très beau : la forêt commençait à se parer des teintes de l'automne et ses feuillages, déjà éclaircis, laissaient les rayons du soleil illuminer çà et là les mousses d'un vert d'émeraude, les grès tachetés comme la robe d'un serpent, et les tapis de pourpre de la bruyère en fleur. Les chevreuils, les daims et les biches épouvantés qui s'enfuyaient à l'approche des chasseurs, les brillants costumes, les équipages, les cavaliers lancés à toute vitesse, animaient la forêt, et le coup d'œil était si beau que la duchesse de Montausier, tout accoutumée qu'elle fût à semblables fêtes, ne put s'empêcher de s'écrier : — Quelle belle journée ! Vraiment, c'eût été dommage de rester au château.

— Je le désirais bien pourtant, dit la Reine : ce bruit me fatigue. Donnez l'ordre qu'on ne me suive plus. Je veux me promener seule avec vous et M. de Givry pour toute escorte.

La duchesse, faisant signe à l'écuyer, lui transmit les ordres de la Reine, et M. de Givry, tournant bride, alla congédier toute la suite. — Ces dames, dit-il, iront attendre la Reine à la croix de Montmorin, à cinq heures : d'ici là Sa Majesté désire être seule.

On était arrivé à une étoile où se croisaient huit chemins. Les carrosses s'arrêtèrent, et quand la voiture de la Reine eut pris la route qu'elle désigna, ils se dirigèrent du côté opposé.

Givry rejoignit le carrosse royal, et le suivit à quelques pas, de manière à ne pas perdre de vue la Reine, mais d'assez loin pour ne l'entendre que si elle élevait la voix. Givry était un vieux gentilhomme, au visage balafré, à la moustache grise, tout dévoué à la Reine. — Pauvre Princesse ! se dit-il, elle veut être seule, mais, comme une biche blessée, elle emporte avec elle la flèche qui la tue. Pourvu qu'elle ne rencontre pas le Roi !

Le souhait du fidèle gentilhomme ne fut pas accompli. A peine la calèche de la Reine avait-elle franchi l'espace d'un quart de lieue qu'on vit passer en travers du chemin deux chevaux marchant d'un pas égal. L'un d'eux était monté par une femme à la taille élégante, à la blonde chevelure, l'autre portait le plus beau des rois, et, s'éloignant de la chasse, Louis XIV et la duchesse de la Vallière disparurent rapidement sous les ombrages.

Marie-Thérèse ne dit pas un mot, mais elle pâlit, se couvrit le visage de ses belles mains et se mit à pleurer à sanglots, comme font les enfants. Pauvre jeune Reine ! elle n'avait pas vingt-quatre ans, et déjà son bonheur était brisé. Déjà elle avait reçu la plus impardonnable, la plus cruelle des offenses, et, Reine chrétienne, elle ne pleurait pas seulement sur elle-même, mais sur l'honneur du Roi, traître à ses serments, infidèle à son devoir, le Roi, mille fois plus coupable que tout autre homme, tant les mauvais exemples des princes sont la ruine des trônes et la perte des nations.

Les larmes de la Reine déconcertèrent fort Mme de Montausier. Bien qu'irréprochable dans sa conduite personnelle la belle Julie d'Angennes avait d'étranges indulgences pour les fautes du prochain, surtout quand ce prochain se nommait Louis XIV, et, plus d'une fois, elle avait blâmé la sévérité de la duchesse de Navailles, bien avant même la disgrâce et l'exil de cette vertueuse dame. Soumise, comme toujours, aux volontés du Roi, Marie-Thérèse avait accepté Mme de Montausier pour dame d'honneur, en remplacement de Mme de Navailles, mais elle ne lui parlait jamais confidemment.

Mme de Montausier avait fait semblant de ne pas voir passer le Roi ; elle ne pouvait feindre de ne pas entendre les sanglots de la Reine, et lui demanda si elle se trouvait mal.

— Je souffre beaucoup, dit la Reine, mais vous n'y pouvez rien. Laissez-moi.

— Ne voulez-vous point retourner au château, Madame ?

— Non ; je veux aller à Moret, au monastère

5.

de Notre-Dame des Anges : tout de suite, au galop !

La dame d'honneur transmit l'ordre, et, gagnant la route de Moret, la voiture roula rapidement, tandis que les bruits de la chasse allaient en s'affaiblissant dans le lointain.

La Reine se remit, et, essuyant ses yeux, dit à Mme de Montausier : — Êtes-vous allée quelquefois chez les religieuses de Moret, Duchesse?

— Jamais, Madame. Je ne connais d'elles que leur sucre d'orge, qui est excellent. M. de Montausier en fait une grande consommation. Il m'en apportait des boîtes à l'hôtel de Rambouillet.

— Ces bonnes religieuses font en effet fort bien le sucre d'orge, mais, ce qui vaut mieux encore, elles enseignent gratuitement toutes les petites filles pauvres de Moret, et ont quelques pensionnaires qu'elles élèvent à merveille. La fondatrice du prieuré de Notre-Dame des Anges, Jacqueline de Bueil, qui avait donné bien du scandale du temps du Roi Henri IV, voulut réparer et expier ses fautes en procurant une éducation chrétienne aux jeunes filles de son comté de Moret, mais elle n'avait pas doté suffisamment le couvent, et j'ai dû y pourvoir. La supérieure de Notre-Dame des Anges, Mme Renée de Goué, est une sainte femme, dont je fais grand état.

On était arrivé hors de la forêt, et, sur le fond verdoyant de la vallée du Loing, la petite ville de Moret apparaissait entourée de murs crénelés, et dominée par la flèche de l'église et le massif donjon du vieux château où le surintendant Fouquet, prisonnier depuis deux ans déjà, at tendait l'ordre d'un exil plus lointain et d'une captivité qui ne devait finir qu'avec sa vie.

Bientôt la voiture de la Reine franchit le pont levis, passa sous la porte voûtée qui existe encore, et vint s'arrêter devant le prieuré de Notre-Dame des Anges, situé à peu près au milieu de la ville. C'était un bâtiment de briques et pierres blanches, construit en 1640, très simple, mais spacieux et riant, et dont l'enclos, assez vaste, contenait un jardin. (1)

1. Des anciens bâtiments du Couvent, une partie est devenue l'Hôtel de Ville. Le surplus a été vendu comme bien

La tourière, entendant un carrosse s'arrêter, ·ouvrit le guichet grillé et fit une exclamation de joie. — Quel bonheur ! c'est la Reine ! Voilà qui arrangera tout ! — Elle sonna la supérieure, et, bien vite, ouvrit à deux battants, la porte de la rue.·

II

LE PRIEURE DE NOTRE-DAME DES ANGES

La Reine en descendant de voiture dit à M. de Givry à haute voix : — Emmenez le carrosse au château de Moret, monsieur, et revenez me chercher dans une heure ; et elle ajouta tout bas en espagnol : mon pauvre Givry, vous les avez vus, n'est-ce pas ?

Le vieux gentilhomme lui répondit de même : — S'il ne fallait que donner ma vie pour vous

national et forme aujourd'hui plusieurs habitations.., A la place de la chapelle est la demeure d'un vigneron : un artisan occupe la chambre où fut, dit-on, reçu Louis XIV, et le cimetière est devenu un jardin potager. (*Notice sur la ville de Moret, par M. l'abbé Pougeois, curé-doyen de Moret.*)

rendre heureuse, Madame, Dieu sait de quel cœur je la donnerais ! Mais, que faire, sinon prier ?

Il conduisit la Reine au seuil de la clôture, et, s'inclinant profondément, s'éloigna, dès que la porte se fut refermée sur Marie-Thérèse et sa dame d'honneur.

La révérende mère Renée de Goué arrivait aussi vite que le lui permettait son âge déjà très avancé. Son visage était noble, doux, et conservait les traces d'une beauté charmante. La Reine se jeta dans ses bras, et se remit à pleurer.

— Venez, venez, Madame, dit la vénérable moniale : venez vers la Consolatrice.

Et l'entraînant doucement, elle la fit entrer dans l'étroite chapelle du prieuré.

A gauche de l'entrée, sur un socle de marbre noir, était placée une *pieta* d'albâtre, chef-d'œuvre de Michel Colombe. La Vierge pleurait sur son fils immolé, mais sa tête levée vers le ciel et l'expression de majestueuse résignation empreinte sur son visage témoignaient qu'elle avait consenti au sacrifice et qu'elle en connaissait le but et le prix.

La Reine et la religieuse s'agenouillèrent et prièrent assez longtemps pour que Mme de Montausier sentît quelqu'impatience. Elle était restée à l'entrée de la chapelle, qu'elle trouvait triste, froide et sombre.

Enfin la Reine se releva : elle ne pleurait plus. Se penchant vers la mère Renée elle lui dit tout bas : Nous ferons une neuvaine, n'est-ce pas ?

— Oh oui, Madame, nous la ferons, et le bon Dieu vous rendra le bonheur que vous méritez si bien. Mais ne restez pas davantage ici. Notre chapelle est froide. Venez vous reposer sous notre petite tonnelle.

Elles se rendirent au jardin et la Reine fut toute contente en voyant sous le berceau de vigne qui entourait le parterre d'une galerie de verdure, une petite table couverte d'une nappe blanche comme la neige et sur laquelle les religieuses se hâtaient de préparer une collation très simple, mais tout à fait appétissante. Dans des assiettes ornées de dessins bleus, les sœurs avaient servi un fromage à la crème, des fraises, des pêches, les premiers raisins de la saison, et le sucre d'orge traditionnel, disposé en pyramide ajourée. Un pain bis, que la Reine aimait beaucoup, du beurre très frais, du lait, de l'eau dans de jolies buires de faïence historiée, et une vieille bouteille de vin de Thomery, extraite des profondeurs de la cave aux fagots, complétaient ce rustique festin. Un grand fauteuil de paille était préparé pour la Reine, et, de sa place, elle voyait tout le jardin embaumé de roses, d'œillets et de résédas, et où résonnait le ramage d'un petit oiseau captif et le murmure éloigné des enfants de l'école qui récitaient le chapelet.

La Reine se mit à table : Mme de Montausier, selon l'étiquette, lui présenta l'aiguière et la serviette, fit l'essai des mets, et la servit debout. Marie-Thérèse avait ordonné à la supérieure de s'asseoir près d'elle. Deux jeunes religieuses se tenaient à quelques pas, silencieuses et légères comme des ombres, prêtes à obéir au moindre signe, et ce petit festin si frais et si tranquille et

qui ne dura pas une demi-heure, parut délicieux
à la Reine.

« — Vraiment, ma bonne Mère, dit-elle à la
supérieure, on vous tiendrait volontiers pour fée.
Qui donc a pu vous faire deviner que je n'avais
rien mangé du tout à dîner aujourd'hui.

— Jamais je n'aurais supposé pareille chose,
Madame, mais je sais que Votre Majesté a fait le
voyage de Fontainebleau ici, et qu'elle doit,
dit-on, donner dans peu de mois un frère à
Monseigneur le Dauphin. Ce sont là de bonnes
raisons pour avoir appétit.

— Hélas, dit la Reine, c'est vrai ! mais je n'ose
me réjouir d'avoir encore un enfant. Si j'allais le
perdre comme je perdis l'année dernière ma
pauvre petite Élisabeth !

— Non, vous ne le perdrez pas, Madame, et ce
sera un prince qui naîtra.

— Dieu le veuille ! vous savez, ma mère, que
la duchesse d'Orléans a mis au monde avant-

---

1. Anne Élisabeth de France était morte en décembre 1662
âgée de quelques mois.

hier un duc de Valois (1). Le Roi en a paru aussi heureux que Monsieur. — Qui sait ? si j'avais un duc d'Anjou, peut-être qu'on ne me refuserait rien.

— Nous demanderons un duc d'Anjou au bon Dieu, Madame, et nous l'obtiendrons (2). Mais je voudrais aussi demander quelque chose à Votre Majesté.

— Parlez, ma bonne mère, je serais heureuse de vous faire plaisir.

— Je voudrais présenter à la Reine une petite moresse que nous avons recueillie hier ; elle ne dit pas un mot de français, mais il me semble qu'elle parle espagnol. C'est une petite créature bien singulière et qui nous est arrivée d'une façon toute surprenante. Hier, pendant cet épouvantable orage que Votre Majesté a dû entendre, au moment où la foudre venait de tomber tout près d'ici, dans une cour, où, heureusement, il n'y avait personne, nous étions toutes à la chapelle, avec nos petites

1. Septembre 1664.
2. La reine eut une fille qui ne vécut que peu de jours.

écolières et nos pensionnaires, priant Dieu et
à demi mortes de frayeur, lorsque l'on entendit
frapper. La pluie tombait à torrents. La sœur tourière alla regarder et revint toute épouvantée me
dire que le démon en personne était à notre
porte. J'y allai et je vis une enfant de quatre ou
cinq ans, toute noire, tout échevelée, vêtue de
rouge et qui pleurait et criait, les mains liées au
heurtoir de la porte. Je lui jetai de l'eau bénite ;
elle continua à pleurer, et, touchée de pitié, j'ou-
vris et je détachai la petite créature. Elle était en
haillons, trempée de pluie et semblait affamée.
Nos sœurs la firent manger et l'interrogèrent.
Elle ne parut pas les comprendre et, aussitôt
rassasiée, essaya de s'échapper en grimpant aux
fenêtres comme un écureuil. J'ai envoyé demander aux portes de la ville, et j'ai su qu'un bohé-
mien à cheval avait traversé Moret au plus fort
de l'orage : à la porte de Samois il tenait une
sorte de paquet : à la porte de Bourgogne il n'en
avait plus. Le capitaine du guet m'a fait dire qu'il
ferait une battue aux environs pour retrouver
les parents de la petite moresse, mais en atten-

dant, je voudrais réussir à interroger la petite.
C'est une vraie sauvagesse. Il a fallu employer
la force pour lui ôter ses haillons, la baigner et
la rhabiller. Encore n'a-t-elle voulu mettre
qu'une tunique d'enfant de chœur. Elle griffe,
elle égratigne nos sœurs; c'est pitié de voir une
créature humaine aussi semblable à une bête.

— Amenez-la moi, dit la Reine. Quel mot
vous a-t-elle donc dit qui vous a paru espagnol?

— Je ne m'en souviens pas, Madame. Mais
la voici.

Sœur Scholastique et sœur Benedicte arri-
vaient en traînant chacune par une main la plus
jolie et la plus furieuse petite moresse que l'on
pût voir. Sa tunique rouge faisait ressortir le noir
de ses yeux et de ses cheveux et le ton
basané de son visage. Elle trépignait et cherchait
à mordre les mains des religieuses. Mais en
apercevant la Reine, elle se calma soudain, et
resta immobile, considérant avec attention le
doux visage de Marie-Thérèse, ses beaux cheveux blonds et sa robe de soie bleu d'azur
garnie de point d'Espagne.

La Reine lui fit signe d'approcher. L'enfan
s'élança vers elle et dit en fort bon espagnol
— Celle-là, c'est la mère de Dieu! et se mettant
genoux, elle baisa le bas de la robe de Marie
Thérèse.

— Pauvre petite ! s'écria la Reine en espa
gnol. Tu viens donc de mon pays : qui t'a ame
née ici ?

— C'est le chef, dit l'enfant.

— Le chef est-il ton père ?

— Non. Mon père est mort. Ma mère aussi
est morte, et le chef l'a fait mettre dans un trou,
là bas, dans la forêt. Puis, les femmes se sont
disputées à qui me prendrait : les hommes aussi.
Ils se sont battus. Alors le chef a dit : personne
n'aura la petite. J'ai promis à sa mère d'en faire
une chrétienne. Je vais la porter aux religieuses.
Et il m'a emportée et attachée là-bas, dit-elle en
montrant la porte. Mais je veux retourner avec
le chef. Ici, c'est une prison. Ces femmes noires
me font peur.

— Et moi, dit la Reine, m'aimes-tu ?

— Oui. Toi tu es belle comme la mère de

Dieu que maman allait voir en cachette avec moi, quand nous passions près d'une ville.

— Hé bien, dit la Reine, si tu veux être sage et obéissante avec les femmes noires, comme tu les appelles, je te viendrai voir souvent, et je te donnerai du bonbon.

— Je serai sage, dit la moresse, embrasse-moi !

Les religieuses n'entendaient pas un mot de cette scène, mais M^m de Montausier, qui comprenait fort bien l'espagnol, n'en perdit pas une parole. Elle avait froncé le sourcil en voyant la Reine caresser de sa blanche main les cheveux crépus de l'enfant, mais quand elle vit la moresse s'enhardir et présenter son petit front brun aux lèvres de la Reine, elle s'écria : — Madame, quelle imprudence ! Vous aurez un enfant noir !

— Contes de bonne femme ! dit Marie-Thérèse, la Reine, ma mère, avait toujours des négrillons et des négrillonnes autour d'elles, et je ne suis pas basanée pour cela, je pense !

Ces mots firent sourire les bonnes religieuses. La Reine, en effet, avait un teint éblouissant de blancheur ; — et l'on sait quelle allusion touchante sut .y faire Bossuet lorsqu'il prononça l'oraison funèbre de Marie-Thérèse.

La Reine se leva, et après avoir traduit en peu de mots aux religieuses le récit de la petite bohémienne, elle ajouta : —Prenez soin de cette enfant, ma Mère ; je l'adopte et serai sa marraine. Instruisez-la, afin que nous puissions bientôt en faire une chrétienne. En attendant, nous appellerons cette enfant Moretta, en souvenir du lieu où elle nous fut donnée, et de la couleur de son visage.

La petite fille, devinant que la Reine allait s'éloigner, se cramponnait à sa robe et jetait des cris perçants. Marie-Thérèse la calma, lui donna du raisin et lui promit de revenir la voir sitôt qu'elle serait tout-à-fait sage. La pauvre petite lui dit : — Reviens, et, je t'en prie, va dans la forêt, cherche bien sous la mousse verte, auprès d'un grand chêne. Tu retrouveras ma mère, et tu me l'apporteras.

—Duchesse, dit Marie-Thérèse à Mᵐᵉ de Montausier, je vous défends de parler à personne de cette moresse : donnez-moi votre parole que vous me garderez le secret.

Mᵐᵉ de Montausier la donna, et, remontant en carrosse, la Reine retourna au château de Fontainebleau.

III

LA MORESSE

Quelques jours après, la Reine revint à Moret pour voir sa protégée, et lui apporter force jouets et friandises, espérant que l'enfant les aurait mérités, mais il n'en était rien. La petite bohémienne, du matin au soir, s'ingéniait à déjouer la surveillance des religieuses. Elle grimpait aux arbres, furetait partout, dérobait tout, brisait, renversait, criait, enfin mettait à de si rudes épreuves la patience des bonnes sœurs que la supérieure commençait à se demander si elle ne ferait pas bien d'expédier à Paris, chez les Filles de la Charité, cette incorrigible créature. — Nos.

sœurs sont trop peu nombreuses, se disait-elle, et la maison n'est pas assez grande pour qu'il soit possible d'isoler et de gouverner ce petit démon. J'en vais parler à la Reine.

Mais, comme la première fois, l'enfant, en apercevant la Reine, devint douce comme un agneau. Elle se coucha à ses pieds, lui fit de belles promesses, et l'attendrit si bien que Marie-Thérèse pria la supérieure de garder l'enfant. — Prenez une personne pour la garder, dit-elle, n'épargnez rien. Hier, au cercle de la Reine mère, j'ai joué pour Moretta, et, chose rare, j'ai eu du bonheur. Je vais vous donner cet argent, mais je ne veux pas qu'on le sache. Venez avec moi dans votre cellule.

Elle monta, suivie de la supérieure, tandis que Mme de Montausier parlait espagnol à la petite moresse.

Arrivée dans la cellule de la mère Renée, la Reine s'assit sur l'unique escabeau, et prenant à poignée de l'or dans la poche de sa robe, elle le répandit sur la dure couchette de la religieuse.

Voici pour Moretta, dit-elle, et pour le couvent. Je ne sais pas la somme, mais cela doit faire beaucoup d'argent. Disposez-en comme il vous plaira, ma bonne mère. Je ne reverrai Moretta que l'année prochaine. Le Roi veut retourner à Vincennes avant la fin du mois, et dans l'état où je suis je ne voyagerai pas aisément cet automne. Priez bien pour moi. J'espère, l'été prochain, que nous ferons baptiser Moretta. Commence-t-elle à entendre quelques mots de français ?

— A peine, Madame ; mais ce qui me donne grand espoir, c'est que cette enfant aime la Sainte-Vierge. Partout où elle voit son image, elle la salue, la baise et se met à genoux en répétant les mots Madre de Dios ! — d'un air si dévot que rien plus.

L'heure sonnait à l'horloge du couvent. — Il est temps que je parte, dit la Reine.

La religieuse ouvrit la porte, et s'écria : — Là, voyez ! Moretta s'est encore échappée des mains de sœur Ursule.

Moretta était en effet accroupie contre la porte, et, tenant un gros bouquet que les religieuses

5..

avaient fait pour la Reine, elle en ôtait quelques fleurs et les plaçait dans ses cheveux ébouriffés. L'instinct de la parure, inné chez les petites filles, était à l'état de passion dans l'esprit de Moretta.

— Croiriez-vous, Madame, dit Mère Renée, qu'elle est montée hier, au risque de se rompre le cou, tout en haut du grand sorbier pour se cueillir une guirlande de graines rouges. Jamais on n'a vu pareille vanité : cette misérable petite a tous les défauts possibles et imaginables.

— Vos soins et la grâce de Dieu la transforme-ront, dit la Reine. Adieu, Moretta. Tenez, ma mère, voici mon portrait. Vous le montrerez à Moretta quand vous serez contente d'elle,

— Votre Majesté a-t-elle découvert quelque chose sur les parents de cette petite ? demanda la religieuse.

— Rien, absolument. — M. de Givry a interrogé lui-même les gardes forestiers, il a fait en vain fouiller toute la forêt de Fontainebleau. On a vu, il y a quinze jours, passer quelques charriots de Bohémiens ; cela arrive si souvent qu'on

n'y fait pas attention. Des traces de leur campe-
ment existent en deux ou trois endroits, mais
on a eu beau chercher, on n'a rien vu qui res-
semblât à une tombe; plus tard, peut-être, ces
vagabonds reviendront : j'ai donné ordre qu'on
les arrête, mais ce ne sera pas pour leur rendre
Moretta. Je voudrais seulement savoir de qui elle
est fille. Sa mère devait être une captive chrétienne.

Les ordres de la Reine furent exécutés.
Plusieurs fois, dans les années qui suivirent, les
gardes forestiers arrêtèrent et interrogèrent ces
singulières familles errantes que l'on voit depuis
un temps immémorial parcourir l'Europe, empor-
tant tout ce qu'elles possèdent sur des chariots
sordides, traînés par des chevaux à longs poils
et à mine féroce ; ces familles qui s'en vont cam-
per sur les routes, maraudant, disant la bonne
aventure, et faisant métier de racommoder les
ustensiles de ménage des paysans. Cette race
proscrite n'a ni feu, ni lieu, ni Dieu, ni Roi, disent
les bonnes gens. Elle inspire la terreur et souvent
aussi la pitié, car, sur ces chars branlants,
entre les bras amaigris de ces femmes à l'œil

triste et sauvage, s'agitent et sourient aux passants de pauvres petits enfants dont le front ne sera pas purifié par l'eau du baptême, et qui grandiront sans connaître une patrie.

Jamais aucune de ces troupes vagabondes ne sut ou ne voulut donner le moindre indice qui pût faire connaître d'où venait Moretta. — Elle fut baptisée sous le nom de Louise Marie Thérèse, mais, par habitude, on continuait à l'appeler Moretta. En grandissant, elle devint docile, et put être réunie aux autres pensionnaires du couvent. La faveur de la Reine et la rare intelligence de Moretta lui valurent parmi ses compagnes une place d'honneur, et elle vécut heureuse à Notre-Dame des Anges, jusqu'à l'année 1679. Déjà elle portait la coiffe de postulante, et personne ne doutait de sa prochaine entrée en religion, lorsqu'un mot imprudent vint troubler la paix où semblait devoir s'écouler sa vie.

IV

LOUISON

Parmi les pensionnaires du couvent de Notre Dame des Anges se trouvait une jeune fille nommée Louise de Sermaise. Son père, vieux gentilhomme veuf, habitait un château voisin de Moret. Il avait marié sa fille aînée à un garde des forêts qui résidait à Fontainebleau même ; son fils était sergent aux mousquetaires du Roi, et la bonne mine et les talents militaires de ce jeune homme en eussent aisément fait un officier, s'il eût possédé quelque finance, mais M. de Sermaise n'était pas assez riche pour acheter un grade à son fils. Sa fille aînée, M\ⁿᵉ de Fresne, jolie, mondaine, et n'ayant pas d'enfants, se consolait de n'être que la femme d'un garde forestier en recevant bonne compagnie, et sa petite maison, tenue à merveille, était le séjour de la gaîté la plus franche. Annette de Fresne ne

semblait songer qu'au plaisir, mais elle était am-
bitieuse, et rêvait de marier son frère et sa sœur
ue façon à relever leur famille. Elle attendait impatiemment que Louison sortît du couvent. Ainsi
qu'il est d'usage chez les Bénédictines, la jeune
pensionnaire devait y rester jusqu'à ses dix-huit
ans accomplis.

Enfin ce jour tant souhaité arriva ; c'était le 16
août 1679. La Cour était alors à Fontainebleau
et l'on préparait les fêtes du mariage de Mademoiselle d'Orléans, fiancée au roi d'Espagne.
Mᵐᵉ de Fresne vint à Moret avec son père et son
frère, et obtint de la supérieure la permission
d'assister aux adieux que la pensionnaire allait
faire à ses compagnes.

Ces jeunes filles, dont la plus âgée, Moretta,
n'avait pas vingt ans, étaient rassemblées au jardin autour de Louise, et tout occupées d'échan-
ger avec elle des fleurs, des images et ces promesses d'éternelle amitié dont la jeunesse est si
facilement prodigue et oublieuse. Louison, jolie
blonde, au cœur tendre et à la tête légère, pleurait et riait à la fois, contente de partir, triste de

s'en aller. Elle tenait la main de Moretta, sa meilleure amie, et lui promettait de revenir la voir à la grille et surtout d'assister à sa prise d'habit. Toute cette jeune troupe portait, comme il est d'usage chez les bénédictines, la robe noire, la petite coiffe et le voile blanc, et ce costume sévère faisait ressortir le teint délicatement rosé de Louison et la couleur bronzée du beau visage de Moretta.

— Ah ! voici ma sœur ! s'écria Louison, devenant rouge comme une cerise.

Mme de Fresne entrait au jardin, en robe couleur de rose, frisée, attifée à merveille et accompagnée de sœur Ursule.

Louison courut à elle, l'embrassa et allait lui présenter ses compagnes, lorsque Mme de Fresne lui dit tout bas :

— Occupe sœur Ursule, j'ai deux mots à dire en secret à la moresse.

Louison, passée maîtresse en ruses de pensionnaire, se hâta de dire à sœur Ursule : — avez-vous vu, ma mère, comme le petit chat a gâté votre bel œillet panaché !

— Miséricorde! s'écria la religieuse : pou
qu'il n'ait pas cassé les boutons !

Elle rebroussa chemin pour aller vérifier le
gât. Ce fut l'affaire d'un instant, mais cet i
tant avait suffi. Mme de Fresne s'était approc
de Moretta et lui avait dit à voix basse : — on v
cache le secret de votre naissance, mais mo
le connais. Obtenez de la Reine la permissior
venir passer deux jours chez moi pour voir
fêtes du mariage de la Reine d'Espagne, e
vous dirai tout. Mais pas un mot de cela à
sonne.

Les yeux de Moretta étincelèrent. — Vrai,
elle, vous savez qui était ma mère ?

— Oui. Chut ! la Reine viendra ces jou
ci. Obtenez de venir chez moi. J'en vais dem
der l'autorisation à la mère supérieure.

Elle se détourna vite, car les autres jeu
filles se penchaient pour écouter, et la sœur
sule revenait, un œillet sans tige à la main.

— Voyez, madame, quel méchant petit c
nous avons ! Il a brisé en se jouant, le plus
œillet du parterre, un œillet de Hollan

Acceptez-le ; ce sera une consolation pour nous.

— Je vous suis obligée, ma sœur, dit Mme de Fresne en attachant l'œillet à son corsage : si vous le permettez, je vais emmener ma sœur. Mon père est au parloir avec mon frère, et le temps doit leur sembler long. Viens, Louise.

La jeune fille embrassa une dernière fois ses compagnes, et, le mouchoir sur les yeux, tout éplorée, suivit sa sœur aînée.

Au parloir, en apercevant son père et son frère qu'elle n'avait pas vus depuis six mois, elle fit un cri de joie et leur sauta au cou. Le vieux gentilhomme et le beau mousquetaire se récrièrent sur la bonne mine et la taille élevée de Louison, et il ne fut plus question du tout de pleurer.

A travers la grille, la supérieure regardait en souriant ce groupe joyeux. Elle avait alors près de quatre-vingt-dix ans, et son intelligence commençait à s'affaiblir. Mme de Fresne s'approcha d'elle et lui dit : Ma révérende mère, j'ai une grâce à vous demander. Je voudrais que vous permettiez à Mlle Moretta de venir passer quelques jours chez moi avec Louise. Cela

ferait grand plaisir à ma sœur qui l'aime chère-
ment, et nous lui ferions voir le château de Fontainebleau.

La supérieure branla la tête : — Ce serait contre
toute prudence, madame ; Moretta n'est pas destinée à vivre dans le monde, vous le savez. Il
vaut mieux qu'elle ne l'entrevoie même pas. Je
sais que votre maison est ouverte aux personnes
les plus jeunes et les plus enjouées de la Cour,
et vous êtes bien jeune vous-même pour garder
des filles de l'âge de Louise et de Moretta.

— Mais je ne suis plus jeune, dit Mme de
Fresne en s'efforçant de prendre l'air grave : j'ai
bientôt trente ans. D'ailleurs, je m'engagerai
bien volontiers à fermer ma porte tant que
Mlle Moretta sera chez moi. Rien n'est plus aisé.
Au surplus, ma mère, je reviendrai ces jours-
ci vous renouveler ma demande, et j'espère que
vous me l'accorderez.

— J'en référerai au chapitre, madame.

Mme de Fresne prit congé, et, un instant après,
on entendit rouler le carrosse de louage qui em-
portait Louison et ses parents.

La journée s'acheva paisible pour toutes les habitantes du couvent, hors une seule. Moretta troublée jusqu'au fond du cœur par les paroles de Mme de Fresne, se les répétait sans cesse, et s'efforçait de rappeler les souvenirs confus de son enfance. — On sait qui était ma mère ! se disait-elle. Mais pourquoi me cache-t-on ce secret ? pourquoi les religieuses m'ont-elles toujours dit que personne n'avait pu découvrir mon nom et ma patrie, et qu'un inconnu m'avait apportée un jour au seuil de ce couvent ? Ah, je m'en souviens bien ! C'était dans une forêt, pendant un orage ; les éclats de la foudre m'épouvantaient. Le chef me prit dans ses bras, me couvrit de son manteau, monta à cheval, et courut au galop jusqu'ici ; puis il mit pied à terre, m'attacha par les mains au marteau d'une porte, remonta à cheval et s'enfuit avec la rapidité de l'éclair. Je criais, je m'agitais ; le marteau soulevé retomba bruyamment, et bientôt après je fus recueillie par les sœurs ; depuis, je n'ai plus franchi le seuil où je fus abandonnée, et l'on me dit que je dois vivre et mourir dans cette maison, si je veux vivre et mourir heureuse. La Reine m'assure que j'aurai choisi la meilleure part, et qu'elle envie le sort des religieuses. Bonne Reine ! elle paraît m'aimer. Je lui dois tout. Mais pourquoi me cache-t-elle le secret de ma naissance ?

Et la pauvre fille se laissant aller à la tentation d'une curiosité bien naturelle, résolut de ne rien négliger pour sortir du couvent, ne fût-ce qu'un seul jour.

La Reine vint le surlendemain, et, fatiguée par l'excessive chaleur, alla s'asseoir à l'ombre, au jardin. Là, donnant son éventail à Moretta, elle lui dit de se placer à ses pieds, sur un escabeau. Les dames d'honneur se tenaient à distance, et Moretta se mit à éventer doucement la Reine. Marie-Thérèse, alors âgée de quarante ans, était encore belle, mais ses cheveux commençaient à blanchir aux tempes et l'éclat de ses yeux s'était effacé. La mort de ses enfants, dont un seul, le

grand Dauphin, lui était resté, et les chagrins
que lui donnaient les désordres du Roi l'avaient
tant fait pleurer ! Toujours bonne, patiente et
douce, elle ne cherchait de consolation qu'en
Dieu seul, et Louis XIV, quatre ans plus tard,
devait dire d'elle : La mort de la Reine est le premier chagrin qu'elle m'ait causé.

— Moretta, dit la bonne Reine, prendras-tu
décidément le voile le jour de la fête de Saint
Louis ou à la Notre-Dame de septembre ?

— S'il plaît à Votre Majesté, Madame, ce ne
sera qu'à la fête de Notre-Dame. Monsieur notre
aumônier est absent jusqu'au 1er septembre. Il
est parti hier pour son pays, où il prend chaque
année quinze jours de vacances : il doit nous
prêcher une retraite, et tient à présider à ma
prise de voile.

— J'y veux être aussi, dit la Reine : et à la
fête de St Louis cela ne me serait pas possible.
Es-tu contente, Moretta, de voir approcher ce
grand jour ?

— Oh oui, Madame, mais je voudrais bien
demander une grâce à Votre Majesté.

6

— Parle, mon enfant, que désires-tu ?

— Je voudrais, Madame, avant de me cloîtrer pour toujours, voir le château de Fontainebleau, voir le Roi et Monseigneur le Dauphin. La sœur aînée de mon amie Louise de Sermaise, Mme de Fresne, m'invite à passer deux jours chez elle au moment du mariage de la Reine d'Espagne. Oh ! que cela me ferait plaisir ! songez, Madame, je ne suis jamais sortie, jamais !

— Pauvrette ! dit la Reine, tu es dans l'arche et tu veux en sortir. Ah ! si tu savais ce que valent les splendeurs du monde !

— Madame, je voudrais voir le Roi votre mari, le Dauphin, votre fils. Ne fût-ce que par ce qu'ils sont ce que vous avez de plus cher, je souhaiterais les voir !

— J'en parlerai à la supérieure, dit la Reine ; mais, qui sait, Moretta ? la vue des fêtes du mariage de la Reine d'Espagne pourra t'éblouir, ébranler ta vocation ?

— Hélas, Madame, dit tristement Moretta, cela serait à craindre pour une fille qui aurait du bien, une famille, une figure qu'elle osât mon-

trer ; mais moi ! je ne puis considérer les établis-
sements mondains que comme choses inaccessi-
bles pour moi, et l'on ne court pas fortune d'envier
les étoiles, bien que l'on prenne grand plaisir à
les regarder.

L'expression de tristesse de la jeune moresse
frappa la Reine. Elle se dit en elle-même qu'il
serait peut-être bon d'éprouver la vocation de
Moretta et de ne pas risquer de faire d'elle une
mauvaise religieuse.

— Après tout, se dit la bonne Reine, je pourrais la prendre parmi mes femmes. Elle est adroite,
instruite, et son teint noir et la surveillance de
La Molina la maintiendraient dans le devoir.

— Va me chercher madame la supérieure,
Moretta.

Moretta y alla, tremblante et inquiète. Elle
n'était pas sans remords, car, elle avait trompé la
Reine, en lui déguisant le véritable motif de son
désir, mais, en même temps, ce désir devenait
plus ardent de moment en moment, et la nature
passionnée de la jeune moresse, assouplie et
domptée par l'éducation, se réveillait et secouait

impatiemment le joug en attendant qu'elle le
brisât.

La Reine et la supérieure s'entretinrent quelques instants, puis la Reine partit, sans revoir
Moretta, et le chapitre s'assembla et délibéra une
grande heure.

Pendant ce temps Moretta, requise comme aide
au laboratoire, était occupée à mettre en boite
des bâtons de sucre d'orge, fabriqués le matin
même, et sœur Ursule la gronda fort, parce
qu'elle en laissa choir et en brisa plus d'une
douzaine.

— Il vous faut appliquer mieux que cela,
ma fille, lui dit-elle. C'est gâcher le bien du bon
Dieu. — Et moi qui comptais vous apprendre à
faire le sucre d'orge ! — Je me fais vieille. Voilà
quarante ans que je suis à la confiserie, et il serait
temps qu'on me remplaçât. — Ramassez les
morceaux, afin que rien ne se perde, comme
dit l'Evangile. Nous les enverrons à cette pauvre
femme qui est malade, de l'autre côté de la rue.
Il ne faut rien faire négligemment, ma fille.
Ceux qui sont fidèles en petites choses seront

chargés des grandes. Saül, cherchant les ânes de son père, trouva le royaume d'Israël. . . .

La bonne sœur continua son homélie, fort édifiante, fort pratique, mais que Moretta n'écoutait plus. Elle se disait : — qu'a-t-on décidé au chapitre ?

Elle ne le sut que plusieurs jours après. Un beau matin la mère Renée la fit appeler et lui annonça qu'elle allait partir avec Mme de Fresne, et passerait trois jours à Fontainebleau.

— J'espère, Moretta, que vous serez bien sage, lui dit la supérieure, ne quittez pas d'un instant madame de Fresne, et ne levez les yeux que quand elle vous dira de regarder. A Jeudi, mon enfant : que Dieu vous protège, pauvre petite brebis noire, et vous garde des loups !

Elle bénit Moretta qui pleurait, et la conduisit elle-même au parloir où l'attendaient Mme de Fresne et Louison, vêtues très simplement. Mme de Fresne remplaça par une mantille de taffetas noir le voile de Moretta, et la prenant par la main, l'emmena vers sa voiture. C'était une jolie calèche, prêtée par une amie.

— A Fontainebleau, chez moi, dit Mme de Fresne; le cocher toucha ses deux bons chevaux, la porte de Samois fut bientôt franchie et l'on entra en forêt.

V

LES ATOURS

Etourdie par le grand air et le mouvement de la voiture, Moretta restait muette, et ses compagnes riaient de son air étonné.

— Etes-vous contente, Moretta? dit Mme de Fresne.

— Oh oui, Madame! que c'est donc beau ici?

— Ah, vous en verrez bien d'autres. Cocher, quittez la route et menez-nous voir les futaies d'Avon.

La voiture roulait doucement sur le sable et bientôt l'aspect imposant des chênes, le silence et les parfums de la forêt ravirent Moretta. Tout l'étonnait et lui paraissait mervèilleux. Une biche qui traversa le chemin suivie de son faon, une clairière pleine de bruyère et de papillons, quelques rochers moussus, lui firent jeter des cris d'admiration.

A l'approche de la ville les rencontres d'équipages et de cavaliers devinrent fréquentes, et Moretta qui n'en avait jamais vu, oubliant complètement les recommandations de la mère Renée, se tournait de tous côtés pour admirer un spectacle si nouveau pour elle. Un mousquetaire à cheval, s'approchant de fort près de la calèche, salua d'un air assez familier Mme de Fresne, regarda Moretta avec attention et s'éloigna. Il était de si bonne mine et si bien monté qu'elle dit naïvement à Louise : — Ce cavalier ressemble au saint Georges de la belle image de sœur Ursule.

— C'est mon frère, dit Louise. N'est-ce pas qu'il est bien ?

On entrait en ville, et Moretta émerveillée était si occupée à regarder les maisons et les passants qu'elle ne répondit pas à Louise.

Elles ne passèrent point devant le château, et la petite maison de Mme de Fresne, élégante et

commode, parut un Louvre à la jeune moresse.
Ses hôtesses la firent goûter et la conduisirent
dans la jolie chambre qu'elle devait partager avec
Louise. Une robe de soie, couleur de paille, garnie de dentelle blanche relevée par des nœuds
incarnats et noirs, et une mantille espagnole
étaient posées sur un fauteuil, et, tout auprès les
chaussures, les gants, l'éventail et le demi masque
de velours qui devaient compléter la toilette de
Moretta.

Elle s'étonna de ces préparatifs.—Vous êtes trop
bonne, Madame, dit-elle à Mme de Fresne, j'aurais bien pu me promener avec ma robe de pensionnaire et le mantelet que vous avez eu l'obli-
geance de m'apporter au couvent.

— Non point, Moretta. Je veux vous faire
entrer au château et assister au mariage de la
Reine d'Espagne, et il vous fallait une toilette de
cour. Cette robe vous ira comme un gant, j'en
réponds. Asseyez-vous là, je vous veux coiffer.

Moretta obéit, et s'assit devant le miroir de
Louison. C'était une petite glace de Venise, de
la plus belle eau, et Moretta ne s'était jamais vue

que dans un méchant miroir verdâtre placé dans un corridor du couvent et devant lequel les religieuses rajustaient leurs coiffes en allant au parloir. Elle fut étonnée, et s'admira naïvement lorsque Mme de Fresne ayant disposé avec art les boucles serrées de la courte et abondante chevelure de Moretta, y mêla des perles de Venise, imitant le corail.

— Vous trouvez-vous belle, Moretta? dit la tentatrice.

— Oh non, Madame, moins laide que je ne croyais l'être, mais, hélas, je suis si noire !

— Mettons la belle robe maintenant. Louise, va donc me chercher des épingles.

Louise sortit, et Moretta demanda bien vite à Mme de Fresne : — Quand donc me parlerez-vous de ma mère ?

— Dès que nous serons seules, Ne vous inquiétez pas. Votre mère est une très grande dame. Chut, voici Louise.

Elles se mirent à parer Moretta, qui se laissait faire, et se disait : — ma mère est une grande dame? elle vit donc ! pourtant je me souviens d'avoir

6.

vue mourir celle que j'appelais mère, celle qui me disait : Zaïda, prie la Vierge Mère de Dieu de te prendre pour fille :je vais mourir, que deviendras-tu ?

— Regardez-vous maintenant, Moretta! dirent les deux sœurs et elles l'emmenèrent dans la chambre de Mme de Fresne devant une grande glace où elle se vit des pieds à la tête.

Elle demeura éblouie: elle était, en effet, charmante. Tout en se regardant, elle se souvint d'une histoire que lui avait racontée la mère Ursule d'une jeune demoiselle vaniteuse qui, un beau jour, aperçut le diable dans la glace, avançant sa vilaine tête cornue sur l'épaule de la belle coquette. Moretta regarda instinctivement au dessus de la sienne, dans le miroir, et vit s'y refléter la tête d'un mousquetaire. Elle se retourna effrayée et se trouva en face d'un portrait fort bien peint et qu'elle reconnut.

— Ah! dit-elle, que j'ai eu peur! j'ai cru qu'il était vivant !

Mme de Fresne et Louise rirent aux éclats de sa naïveté, et s'amusèrent à apprendre à Moretta

comment elle devait marcher avec sa robe à
queue, la relever, faire la révérence, jouer de
l'éventail, se ganter, se déganter avec grâce,
mettre son masque et sa mantille, enfin elle lui
apprirent ces façons d'être que certaines femmes
n'acquièrent jamais et que d'autres semblent
posséder de naissance. Moretta était de celles-ci.

Et la grâce, plus belle encore que la beauté,

donnait un charme exquis à tous ses mouvements.

— Vrai ! dit à part elle Mme de Fresne, ce serait
un meurtre que de faire une nonne de cette jolie
moresse.

Un laquais vint dire que le dîner était servi.

— Mon mari est absent, Moretta : vous ne verrez
ici de cavalier qu'en peinture. J'ai fermé ma
porte. Ne vous intimidez pas : ne songeons qu'à
nous réjouir. Après dîner nous irons au parc et
je vous promènerai en gondole sur le grand canal.

— Qu'est-ce qu'une gondole ? dit Moretta.

— C'est un bateau.

— J'irai en bateau ? quel bonheur !

Et Moretta se mit à sauter de joie et à frapper des mains comme une petite fille.

VI

FÊTES ROYALES

Après dîner Mme de Fresne conduisit les deux jeunes filles au parc, et sans permettre à Moretta de s'arrêter à considérer le château, lui dit qu'il fallait se hâter, sous peine de ne plus trouver une seule gondole libre. Le dîner du Roi allait finir et quelques groupes de courtisans et de femmes élégamment parées traversaient déjà les jardins pour se rendre au bord de l'eau. Là, toute une flottille de gondoles peintes et dorées, conduites par des rameurs à la livrée du Roi, attendait les promeneurs. Plusieurs embarcations plus belles que les autres, et dont les tendines de soie et les tapis à franges d'or étaient semés de fleurs de lys et portaient les écussons réunis de France et d'Es-pagne, étaient amarrées au bas des degrés de marbre, et préparées pour la promenade de la famille royale.

Mme de Fresne choisit une gondole fort petite afin d'y être seule avec ses compagnes, et dit au batelier en lui mettant un petit écu dans la main : arrangez-vous pour que nous puissions voir passer les Reines de très près.

Le batelier s'arrangea si bien qu'il parvint à se glisser tous près des gondoles royales le long des balustrades, et les gardes ne voyant que des femmes dans cette petite barque, et reconnaissant d'ailleurs Mme de Fresne qui était fort assidue à la cour, ne la firent point éloigner.

La grande barque qui portait les violons du Roi arriva bientôt toute remplie et Mme de Fresne s'écria : Voici les musiciens ! le dîner du Roi est fini.

En effet, la foule qui remplissait la cour de la Fontaine s'écarta, et l'on vit s'avancer Louis XIV, donnant la main à Marie-Louise d'Orléans. La Reine les suivait, conduite par Monsieur ; l'ambassadeur d'Espagne menait la duchesse d'Orléans, belle-mère de la future Reine d'Espagne, et

Louis, Dauphin, donnait la main à la grande Mademoiselle : les autres princes et princesses suivaient, mêlés à la fleur de la noblesse de France et d'Espagne, et jamais cour plus brillante ne s'était vue à Fontainebleau.

Toute cette royale compagnie entra dans les barques, et les regards de Moretta cherchèrent à rencontrer ceux de la Reine de France. Mais Marie-Thérèse, triste et pensive, ne regardait que Marie-Louise d'Orléans, et, assise près d'elle, lui parlait doucement, comme une mère parle à un petit enfant malade. Marie-Louise était pâle, et ses yeux témoignaient des pleurs qu'elle ne cessait de verser depuis que son mariage était décidé. D'une main distraite elle effeuillait un bouquet de roses et de fleurs d'oranger placé sur ses genoux, et en laissait tomber sur l'eau les débris embaumés.

Les violons commencèrent un air joyeux et triomphant, les rameurs frappèrent en cadence les eaux naguères si paisibles, et toute la flottille suivit la barque du Roi. C'était un spectacle ravissant, et, pourtant, tout éblouie qu'elle fût,

Moretta avait pu voir que les deux grandes princesses, souveraines de ces fêtes, souffraient et
pleuraient en silence.

Le reste de la journée fut employé en prome-
nades et en visites. Mme de Fresne présenta Moretta à ses amies de la cour, et ce fut à qui se ré-
crierait sur la jolie figure, la toilette, et les grâces
de la jeune moresse. Le soir, d'une loge grillée
qui pouvait bien contenir six personnes à l'aise
mais où Mme de Fresne en avait entassé dix, elle
vit jouer les comédiens du Roi, et la musique,
l'éclat des lumières, les parfums et l'éblouissante
assemblée qu'elle avait sous les yeux, l'enivrè-
rent si bien qu'elle se croyait transportée dans
le pays des fées. Le lendemain elle assista au
mariage de la Reine d'Espagne, vit le festin
royal, entendit le concert, puis, le soir venu, fut
conduite dans les jardins illuminés. Jusque là,
Mme de Fresne n'avait pas été seule une minute
avec Moretta. Toujours Louise était là, étour-
dissant sa jeune compagne de son caquet joyeux.
Au moment où elles entraient dans le jardin des
pins, brillamment éclairé en verres de couleur,

le jeune mousquetaire dont Moretta avait vu le portrait, s'avança vers Mme de Fresne, salua profondément Moretta, et dit à Mme de Fresne : — J'ai congé ce soir, ma belle petite sœur, permettez-moi de vous accompagner.

— Offrez la main à Louise, mon frère, mais tenez-vous à distance. Il ne faut pas faire jaser.

Il y avait déjà foule dans les jardins. — Allons dans la cour des Fontaines, dit Mme de Fresne, c'est de là que nous verrons le mieux le feu d'artifice. Il faut prendre de bonnes places d'avance.

Elles y allèrent, et s'assirent en haut du perron du pavillon d'Henri II. Louise et son frère se placèrent à quelques pas de là, près de la balustrade de la pièce d'eau. Avec l'aide de M. de Sermaise, Louise s'y assit : il se tenait près d'elle, élégant et droit dans son bel uniforme, et le reflet des illuminations éclairait les visages souriants et animés du frère et de la sœur.

— Que c'est donc beau, une fête de nuit ! s'écria Moretta. Ah ! jamais je n'avais rien imaginé de semblable.

— Ce sera bien autre chose quand on tirera

le feu d'artifice. Moretta, voyez-vous cette terrasse, là, au fond de la cour, devant la galerie
des fêtes ? le Roi y viendra tout à l'heure, et
donnera le signal en mettant le feu à une fusée.
Vous verrez alors....

— Madame, dit Moretta, pardonnez-moi si je
suis indiscrète. Mais toutes ces merveilles ne
peuvent me faire oublier ce que vous m'avez
promis. Vous deviez me parler de ma mère.

— Oui, Moretta, mais il y a trop de monde ici.

— Il suffirait de parler bas, madame ; les personnes qui nous entourent ne songent guère à
nous épier.

— C'est ce qui vous trompe, Moretta. On est
curieux à la cour, et vous avez bien dû vous
apercevoir que vous êtes fort regardée. Votre
histoire se répète partout, vous êtes la seule à
l'ignorer.

— Hélas, madame, je ne la sais que trop. Je
suis la fille d'une pauvre bohémienne ; je me
souviens d'avoir vu mourir ma mère dans la forêt, de l'avoir vu ensevelir au pied d'un grand
arbre.

— Vous avez rêvé tout cela, Moretta, les contes des religieuses ont tellement frappé votre imagination que vous avez pris le mensonge pour la réalité. Il n'en est rien : vous êtes fille légitime d'une très grande dame. Elle vous a fait passer pour morte, ne pouvant se résoudre à reconnaître une fille moresse pour son enfant, mais, tout en vous cachant, elle vous aime, et vous n'aurez qu'un mot à dire pour obtenir d'elle un bel établissement dans le monde.

— Qu'y ferais-je, Madame? la couleur de mon visage me rend une sorte de monstre. Si ma propre mère m'a reniée, qui m'aimera?

— D'abord, Moretta, vous n'êtes pas un monstre, vous êtes même fort jolie, et je sais un beau cavalier qui serait bien heureux de vous épouser. N'aimeriez-vous pas mieux être une dame de la cour, avoir un jeune mari, un équipage, des enfants, des serviteurs, de belles robes et toute sorte de plaisirs et d'occupations que de vous enterrer vive à dix-huit ans dans cet ennuyeux prieuré de Notre-Dame des Anges?

Moretta n'eut pas le temps de répondre. Pen-

dant que Mme de Fresnes parlait, le Roi, les
Reines et toute la cour s'étaient placés sur la
terrasse. La fusée partit, et de formidables déto-
nations et une pluie d'étoiles commencèrent le
feu d'artifice. Il fut magnifique, et Moretta,
éblouie, tremblante, osait à peine regarder. Un
immense bouquet s'éleva enfin, salué par les
acclamations et les cris de vive le Roi, vive la
Reine d'Espagne! et les fanfares des cors et des
trompettes; puis la foule se dispersa, les illuminations s'éteignirent, le palais devint sombre,
et, lorsque le jour se leva, de tant de merveilles,
il ne restait d'autre trace dans les jardins de
Fontainebleau que des débris de verres, de lam-
pions et d'échafaudages qu'on se hâtait d'enlever, des branches rompues, des fleurs flétries, et,
çà et là, quelques pauvres petits oiseaux tués
par les pièces du feu d'artifice.

VII

REVÉLATIONS

Moretta ne dormit pas de la nuit. Les paroles
de Mme de Fresne, les merveilles qu'elle avait
vues, mille sentiments confus, tout nouveaux
pour elle, agitaient le cœur de la pauvre fille.
Une pensée dominait toutes les autres. Être aimée, c'est le désir inné de toute créature humaine; souhaiter d'être uniquement aimée, de
vivre à deux dans cette union que la mort seule
peut rompre, et renaître, se survivre, en mettant
au monde de chers petits enfants que l'on éle-
vera pour le bien, pour le ciel, n'est-ce pas, après
tout, un désir permis? — Ce désir, éveillé sou-
dainement dans l'âme ardente et jeune de la
pauvre moresse, l'envahissait d'heure en heure
davantage. Elle restait immobile, n'osant réveil-
ler Louise qui dormait paisiblement, et elle crut
plus d'une fois entendre marcher dans la chambre,

tellement le battement de ses artères était violent. Au lever du soleil, elle commençait à sommeiller, lorsque Mme de Fresne, entrant dans la chambre, ouvrit les volets bruyamment et s'écria : Debout, debout, Mesdemoiselles ! n'entendez-vous pas les cors sonner le réveil ! Le Roi va chasser ! j'ai une calèche toute prête. Allons en forêt !

Moretta et Louise se hâtèrent de s'habiller, mais Moretta n'en put venir à bout. Elle tremblait et frissonnait. — Qu'avez-vous donc, dit Louise, souffrez-vous ?

Moretta ne put répondre, elle chancela et tomba sur le tapis. Louise appela au secours, et Mme de Fresne et sa femme de chambre se hâtèrent de jeter de l'eau de la Reine de Hongrie au visage de Moretta. Elle rouvrit les yeux et se mit à pleurer et à rire à la fois, assurant qu'elle était contente, qu'elle se portait fort bien, et allait s'habiller.

— Non, dit Mme de Fresne, ce serait imprudent. Je vous ai trop fatiguée hier, mon enfant. Recouchez-vous : dormez sous la garde de Nanette.

J'emmènerai Louise voir la chasse, et nous rentrerons à midi dîner avec vous. Ensuite, je vous reconduirai à Moret par le chemin des écoliers. Nous parcourerons les plus beaux endroits de la forêt. Vous allez prendre une potion calmante, bien dormir, et à midi vous serez guérie. Est-ce convenu ?

— Oh oui, Madame, mais je voudrais bien causer avec vous.

— Tantôt, tantôt, vous êtes trop lasse. On m'attend. Allons, Louise, es-tu prête ?

Elles partirent, et Nanette, qui était une fille d'un âge mur et assez entendue; fit boire à Moretta une grande tasse de tilleul à la feuille d'oranger, la couvrit bien, lui recommanda de dormir et ajouta : — J'ai affaire en bas : la cuisinière est malade et il faut que j'apprête le dîner. Voici une sonnette : si vous avez besoin de moi, sonnez hardiment. Si je n'entends rien, j'en concluerai que vous dormez et je ne monterai point.

Elle s'éloigna, laissant les portes ouvertes, et Moretta l'entendit bientôt remuer les ustensiles de cuisine.

Une heure se passa, et le sommeil ne venait pas. Moretta songeait à ce portrait qu'elle avait entrevu dans la chambre de Mme de Fresne. Le désir de le revoir la prit : Elle n'avait que deux portes à ouvrir pour entrer dans cette chambre. Personne ne la verrait, personne ne le saurait. Mais, n'était-ce pas un péché ? Elle hésita longtemps : elle allait céder à la tentation et sortir du lit, lorsqu'elle entendit Nanette monter l'escalier. Vite, Moretta se recoucha, se tourna contre le mur, et fit semblant de dormir. Nanette entra sur la pointe du pied, écouta attentivement, et, rassurée, s'en alla en laissant à demi-fermée la porte de l'antichambre.

A peine fut-elle partie que Moretta prenant la robe de chambre de Louise, s'en couvrit à la hâte, traversa le cabinet noir, entra dans l'appartement de Mme de Fresnes et referma doucement la porte. Le soleil éclairait la chambre et Moretta éblouie ne distingua rien d'abord. Puis ses regards rencontrèrent le portrait et il lui sembla vivant. Elle rougit, ferma les yeux, les rouvrit, tremblante, et elle s'oubliait depuis cinq

minutes dans cette imprudente contemplation,
lorsqu'un bruit de voix se fit entendre. Quelqu'un
montait l'escalier ; on allait entrer. Éperdue, Moretta s'élança, ouvrit une porte qu'elle crut être
celle qui conduisait à sa chambre, et se trouva
dans une petite pièce sans issue, encombrée de
vêtements suspendus. Elle s'y blottit, espérant
que Nanette s'éloignerait bientôt, mais ce n'é-
tait pas Nanette.

C'était Mme de Fresnes et son frère. Tous deux
parlaient à demi-voix, mais le haut de la porte
du cabinet étant ajouré et fermé seulement
d'un treillis de laiton et d'un rideau de taffetas
vert, Moretta ne perdait pas un mot de leur conversation. Elle pensa qu'il serait de son devoir
de se boucher les oreilles, mais une invincible
curiosité s'empara d'elle, et la pauvre fille
écouta.

— Je veux voir cette lettre, disait le mousquetaire. Ce n'est pas sur des caquets que je puis
risquer une démarche aussi importante que
celle que vous me conseillez. Mlle Moretta va retourner au couvent ce soir : d'ici là je veux

tout savoir. Je vous prie de me donner cette lettre.

— Elle est dans ma cassette, mon frère. Il me semble que vous auriez pu vous en rapporter à moi. Enfin la voici, puisque vous l'exigez.

Il y eut un moment de silence.

— Cette lettre n'est point signée ! s'écria M. de Sermaise en la froissant avec colère : Quoi ! ma sœur, c'est sur la foi d'une lettre anonyme que vous osez supposer la Reine capable d'avoir renié sa fille, une Fille de France ! mais c'est odieux, c'est absurde qu'on ose vous écrire ceci :

« Cette belle moresse élevée au prieuré de
» Notre-Dame des Anges est une fille de Leurs
» Majestés. Sa couleur noire provient d'une
» frayeur qu'un négrillon causa à la Reine. Ne
» pouvant se résoudre à montrer cette petite
» princesse, le Roi l'a fait passer pour morte, et
» Marie-Thérèse n'a connu l'existence de sa fille
» que par une indiscrétion de la senora Molina.
» Elle l'aime et voudrait la voir heureuse. La
» jeune fille n'a qu'une vocation de commande.
» Tâchez de lui faire épouser votre frère. La fa-

» veur royale sera votre récompense. » Hé bien,
ma sœur, voici ce que je pense de tout cela. On
s'est moqué de vous et j'admire qu'une femme
d'esprit ait pu donner dans un pareil godant.
Je viens d'aller consulter Fagon, sans nommer
personne, bien entendu ; je lui ai ainsi posé la
question : La vue habituelle ou imprévue d'un
négrillon peut elle émouvoir une femme blanche
au point de lui faire mettre au monde un enfant
presque noir ? — Il s'est mis à rire, et m'a dit
que je lui faisais des contes de bonne femme.
D'ailleurs le fait fût-il possible, comment supposer Leurs Majestés capables d'un mensonge si
effronté, d'une injustice si révoltante ? Allez, ne
me parlez plus de votre moresse. Si elle veut
se marier, envoyez-la au Congo.

— Vous êtes toujours exagéré, mon frère.
Hier, vous en étiez passionné, vous la trouviez
charmante.

— Hier j'extravagais, grâce à vous. Aujour-
d'hui je suis de sang-roid, et je vois les choses
telles qu'elles sont. J'espère bien que vous
n'avez rien dit à cette pauvre fille ?

Mme de Fresnes ne répondit pas directement :

— Moretta se croit fille d'une captive chrétienne, mon frère, dit-elle, mais, en admettant que cette lettre ne dise pas la vérité, et que les bruits qui courent depuis plusieurs années au sujet de Moretta, soient faux, il reste parfaitement vrai que la Reine aime cette jeune fille et la dotera si elle désire se marier. Vous auriez en elle une très aimable femme et qui aiderait à votre avancement. Si, en l'épousant vous étiez sûr d'obtenir un brevet de capitaine et cinquante mille écus de dot, que diriez-vous ?

— Je dirais oui.... peut-être.... Elle est pourtant bien noire, quoique gentille. Je ne sais si mon père verrait avec plaisir une lignée moricaude perpétuer le nom des Sermaise. Enfin, ne brusquons rien. Si, au lieu d'un brevet de capitaine, la Reine me faisait donner un régiment, cela vaudrait peut-être la peine d'y réfléchir. Reconduisez la moresse au couvent : ne lui dites rien. Il serait toujours temps de lui parler, si, par impossible, je me décidais à donner suite à ce projet. Adieu, voici l'heure d'aller au quartier pour l'appel. Où est Louise ?

— Je l'ai laissée à l'entrée de la forêt avec Mme de Neauphle. Je vais l'aller chercher. Nous reconduirons Moretta après dîner.

Ils sortirent, et quand Moretta eut entendu refermer la porte de la rue, elle se leva et retourna dans sa chambre, glacée de la tête aux pieds, et ressentant au cœur cette douloureuse étreinte, ce poids amer que connaissent bien ceux qui ont vu briser leur premier amour.

VIII

LA TOMBE

Une heure après, lorsque Mme de Fresne et Louise revinrent au logis, elles trouvèrent Moretta revêtue de ses habits de pensionnaire. Elle était pâle, et ses yeux témoignaient qu'elle avait beaucoup pleuré.

Louise l'embrassa et lui demanda pourquoi

elle n'avait pas remis sa belle robe. — Nous n'irons au couvent que ce soir, Moretta : ma sœur compte d'abord vous mener voir les grands appartements, les jardins, les...

— Je suis trop fatiguée, chère Louise. Si je restais plus longtemps ici, je craindrais de tomber malade. Ramenez-moi à Notre-Dame. des Anges. C'est là que je dois vivre et mourir.

— Oh non, Moretta ! Je ne puis croire que vous ayiez la vocation. Ne vous pressez pas de prendre le voile. La Reine est si bonne ! sur un mot de ma sœur, j'en suis sure, elle vous établirait dans le monde. Attendez, au moins, de le connaître un peu avant de le fuir pour toujours.

— Je ne l'ai que trop vu, dit Moretta : de grâce, Louise, plus un mot de cela.

Mme de Fresne à son tour insista, mais faiblement. Elle paraissait fort triste et prit soin de ne pas se trouver en tête à tête avec Moretta.

Le dîner fut assez silencieux. Mme de Fresne envoya chercher une voiture dès qu'on eut servi le fruit, et bientôt une calèche de louage emporta Moretta et ses compagnes.

6...

— Passez par le chemin d'Avon, dit Mme de Fresnes au cocher : je veux vous faire voir de beaux rochers, Moretta.

Il faisait chaud : bercée par le mouvement de la voiture qui roulait doucement sur le sable, Moretta ne tarda pas à s'endormir. Une exclamation de Louise la réveilla :

— Moretta ! regardez-donc ce chêne foudroyé !

Elle tressaillit, ouvrit les yeux, et s'écria : — arrêtez ! arrêtez ! je vous en prie ! la voiture s'arrêta, et Moretta s'élançant à terre, courut vers un chêne géant, voisin de celui que la foudre avait renversé. A quelques pas de l'arbre elle se mit à genoux et Mme de Fresnes, qui l'avait suivie avec Louise, l'entendit sangloter.

— Qu'avez-vous, Moretta ? lui dit-elle en prenant sa main.

— Je reconnais cette place, dit Moretta : C'est ici, c'est au pied de cet arbre que j'ai vu ensevelir ma mère. Elle est là, sous cette mousse. Oh ! que n'y suis-je aussi ! mère, mère, emmène-moi, emmène ton enfant !... je veux mourir !

Un vieux bûcheron, appuyé sur sa cognée, regardait de loin cette scène. Il s'approcha et dit à Moretta : — Ce n'est pas tout à fait là, mademoiselle, c'est un peu plus loin que j'ai découvert une tombe. Venez !

Et, à la distance de dix ou douze pas, il lui montra, près d'une touffe de génevriers, une croix grossièrement façonnée. ,

— C'est ici, dit-il, qu'en creusant un fossé pour dessécher une mare qui s'était formée au milieu du chemin, je découvris il y a trois ans, les ossements d'une femme de petite taille. Elle avait encore autour du bras un chapelet de grains de verre bleu monté en argent. J'allai prévenir monsieur le curé d'Avon, et il prit soin de faire mettre en terre sainte les restes de cette chrétienne assassinée autrefois, probablement. Personne n'a jamais rien su d'elle parmi nous, et pourtant il y a bien des années que je travaille en forêt et ma cabane n'est pas loin d'ici. Souvent je voyais le soir des feux follets errer autour de ce chêne. J'ai pensé que c'était l'âme de la morte qui revenait pour me demander des prières. J'ai mis là cette croix, j'ai fait dire une messe et récité le *De profundis* trente jours de suite. — Depuis, je n'ai plus rien vu.

Moretta l'avait écouté immobile. De grosses larmes coulaient sur ses joues pâlies.

— Madame, dit-elle en se tournant vers Mme de Fresne ; vous ne me direz plus que j'ai rêvé. Et vous, mon ami, je ne vous oublierai jamais dans mes prières : je demanderai à la Reine de vous récompenser. C'est tout ce que peut faire la pauvre orpheline que je suis. Cette morte inconnue, c'était ma mère !...

Elle ne put en dire davantage, et tomba évanouie. Mme de Fresne et le vieux bûcheron la portèrent dans la voiture, tandis que Louise effrayée courait çà et là, cherchant de l'eau. Elle finit par en découvrir un peu au fond d'un ravin, et, mouillant son mouchoir, vint l'appliquer sur le front de Moretta. La pauvre fille revint à elle, et son premier cri fut : — ma mère ! ma mère ! Mais elle ne parut pas se souvenir des paroles du vieux bûcheron, et Mme de Fresne craignant qu'elle ne vînt à se les rappeler et ne

voulût aller au cimetière d'Avon, se hâta de dire
au cocher : — A Moret, bien vite. Prenez le plus
court chemin.

Une demi-heure après, Moretta rentrait au couvent. Elle dit adieu rapidement à Mme de Fresne,
embrassa Louise, et, sans retourner la tête, prit
le chemin de la chapelle.

— Désirez-vous voir madame la supérieure ?
demanda la tourière à Mme de Fresne, notre Mère
est fort souffrante, cependant, si vous le souhaitez, j'irai....

— Ne la dérangez pas, ma sœur. Je suis
pressée. Mlle Moretta est un peu malade. Je re
viendrai savoir de ses nouvelles. Partons, Louise.

— Mais, qu'y a-t-il donc ? demanda Louise
en remontant en voiture : Moretta ne nous a pas
seulement remerciées. Pauvre fille ! elle est bien
triste, mais enfin, ce n'est pas notre faute si elle
est orpheline, et elle aurait bien pu nous dire un
mot de reconnaissance et d'amitié.

— Ah ! s'écria involontairement Mme de Fresne,
qu'elle puisse seulement me pardonner, et je
serai un peu consolée du mal que je lui ai fait !

IX

ÉPILÒGUE

Moretta resta longtemps malade et sa prise de
voile n'eut lieu qu'un an plus tard. Jamais elle
ne fit aucune allusion à ce qui s'était passé pendant son court et funeste séjour à Fontainebleau.
Le vieil aumônier, seul, reçut ses confidences
sous le secret de la confession. Marie-Thérèse ne
sut rien des bruits odieux qui avait couru : « *On
ne lui disait rien qui la pût affliger, mais le cœur,
qui ne se trompe pas* (1), » le cœur si triste et si
compatissant de la bonne Reine, devina les souf-
frances de Moretta. Elle redoubla de bontés et
de soins pour la pauvre jeune fille, lui offrit de
l'établir, de la prendre parmi ses femmes, éprou-
vant ainsi la vocation douteuse de Moretta. Mais
à mesure que les forces et la santé revenaient, la

1. Mémoires de Madame de Motteville.

grâce, sollicitée par d'incessantes prières, élevait l'âme de Moretta bien au-dessus des joies et des douleurs passagères de ce monde. La lumière et la paix succédaient aux orages, et l'année suivante, ce fut le front calme et le regard joyeux que Moretta reçut le voile des mains de la Reine.

Marie-Thérèse mourut trois ans après l'entrée en religion de sa protégée. Elle l'avait fort recommandée à Mme de Maintenon et, en souvenir de la Reine, Françoise d'Aubigné fit de grandes aumônes au couvent de Notre-Dame des Anges, et ne manquait jamais, quand la cour était à Fontainebleau, d'aller visiter sœur Louise-Marie de Sainte-Thérèse. Elle emmena quelquefois à Moret la duchesse de Bourgogne ; le Dauphin y vint aussi, et, ces faits, si simples, servirent d'appui à la ridicule et absurde légende qui se répétait tout bas, et qu'a transcrite complaisamment la plume venimeuse du duc de Saint-Simon.

Voltaire, vers 1720, voulut voir la religieuse moresse. Il l'entrevit à travers la double grille et prétendit qu'elle ressemblait à Louis XIV. Sur la parole de ce fieffé menteur, il se trouve

encore de fort honnêtes gens qui croient sérieu-
sement que la brune moniale de Notre-Dame
des Anges était une Fille de France. Pourtant,
même en admettant cette chose impossible,
qu'une moresse fut née de Marie-Thérèse, il
est hors de doute que le Roi, voulant la faire
disparaître, l'eût envoyée au loin, et non placée
en nourrice chez des Bénédictines, aux portes
même d'une résidence royale. L'insondable
mystère qui couvre le nom du Masque de fer est
là pour prouver que Louis XIV savait comment
dérober un secret à la curiosité des peuples. De
ridicules bavardages ont beau être vieux de deux
cents ans, ils n'en méritent pas plus de créance,
mais, on le sait

> L'homme est de glace aux vérités,
> Il est de feu pour les mensonges.

Ici la vérité est que Moretta, après avoir entrevu et perdu en quelques heures l'apparence
d'une félicité terrestre qui ne devait pas être
son partage, se résigna, se consola, et pendant
de longues et paisibles années servit Dieu à

l'ombre du cloître sans plus jamais souhaiter
d'en sortir. Elle s'endormit du dernier sommeil
au prieuré de Notre-Dame des Anges, à un âge
très-avancé, vers 1745, plus de quarante ans
avant la publication des Mémoires du duc de Saint
Simon, et ne se doutant nullement de toutes les
extravagances qui se diraient et s'imprimeraient
à l'occasion de la triste et simple aventure qui
avait fait d'elle la filleule d'une Reine de France.

MARJOLAINE

CHRONIQUE BLÉSOISE

A MADAME ADELINE GAGNOT, DE BLOIS.

MARJOLAINE

Les fourriers d'été sont venus,
Pour appareiller son logis.
CHARLES D'ORLÉANS.

I

LE JARDIN DE LA REINE

A l'heure la plus chaude d'une journée de l'été
de 1659, les filles de Gaston duc d'Orléans,
Mme de Raré leur gouvernante et quelques jeunes
demoiselles, compagnes habituelles des princesses, étaient allées chercher un peu de fraîcheur dans le jardin de la Reine, à Blois. Ce
parterre, exposé au nord, s'étendait devant la
façade du château construite sous François Ier,
et, au centre du réseau de ses allées régulières
et de ses plates bandes encadrées de buis et gar-
nies de touffes de lys entremêlées de pavots et

d'ifs taillés de cent façons diverses, s'élevait un
pavillon de « charpenterie » ajourée, de forme
octogone. Il abritait un bassin de marbre blanc
où deux vasques superposées répandaient
une eau abondante et limpide; des clématites
fleuries enguirlandaient ses portiques, une statue de St Michel couronnait le dôme recouvert de plomb doré, et sur les marbres du
bassin, les piliers, l'entablement et la voûte, la
cordelière (1), les A couronnés et les mouchetures
d'hermine mêlées aux fleurs de lys rappelaient
le souvenir de la reine Anne de Bretagne, qui
avait fait construire cet élégant abri.

Des pliants et des coussins brodés servaient de
sièges aux princesses et à leurs jeunes amies.
Mᵐᵉ de Raré, prétextant que le parfum des clé-

---

1. Anne de Bretagne affectionnait la cordelière (cordon de
saint François d'Assise) en mémoire du saint patron de son père
et de son aïeul, François Iᵉʳ et François II, ducs de Bretagne.
Ce n'est que bien après la reine Anne que la cordelière devint un
emblême de veuvage. On la représenta alors avec les nœuds déliés,
en vertu d'un jeu de mots : j'ai le corps délié ! — La reine Anne
faisait graver la cordelière dans ses armoiries bien avant la mort
de Charles VIII, son premier mari.

(*Histoire du château de Blois*, par L. DE LA SAUSSAYE, page 15.)

matites l'incommodait, était allée s'asseoir à
quelque distance du pavillon, sous un berceau
de charmille. Elle causait avec sa cousine, Mme de
Saint-Remy, femme du premier maître d'hôtel
du duc d'Orléans, et surveillait de l'œil le groupe
des jeunes filles. Tout en faisant semblant de
travailler à leurs tapisseries, Mlles d'Orléans,
d'Alençon et de Valois s'espaçaient fort sur le
chapitre de la toilette, et discutaient les mérites
des dentelles de Venise, du point d'Espagne et de
la guipure de Flandre. Ces jeunes princesses, tour
à tour négligées ou gâtées par le duc et la duchesse
d'Orléans, ne faisaient guère que jaser, muser
ou lire des romans du matin jusqu'au soir.
L'aînée, surtout, que l'on appelait la petite Reine,
tant ses parents étaient persuadés qu'elle épouse-
rait Louis XIV, l'aînée était bien la petite princesse la plus capricieuse et la moins raisonnable
du monde. A peine âgée de quatorze ans, et
médiocrement jolie, elle se croyait déjà Reine de
France et plus belle que le jour, et la moindre
résistance à ses volontés lui semblait un crime
de lèse-majesté.

Ce jour là elle était d'assez méchante humeur. Pour la première fois elle avait appris que ses espérances pourraient bien être déçues.

De grand matin, à Chambord, Mme de Raré était venue l'éveiller et lui dire qu'il fallait s'habiller et partir pour Blois où le duc d'Orléans désirait que ses filles allassent passer deux ou trois jours.

— Pourquoi cela? demanda la princesse.

— Parce que Son Altesse Royale le veut.

— Je veux voir Monsieur.

— Son Altesse est partie pour la chasse.

— Je veux voir Madame.

— Madame dort, et a bien défendu que l'on entrât chez elle avant midi.

— Hé bien, j'attendrai midi.

— Non point, Mademoiselle. Monsieur veut que vous partiez de bonne heure pour éviter la chaleur.

— Alors, il faut me dire pourquoi nous allons à Blois, sinon je ne me lèverai point.

Mlle de Valois venait d'entrer chez sa sœur, tout habillée. Elle entendit la fin de ce colloque, et s'approchant de Mademoiselle d'Orléans lui dit

tout bas : — Ne vous fâchez donc point, ma sœur.
On s'ennuie furieusement ici, surtout depuis que
Maman est malade. A Blois nous nous amuserons
à jouer à cache-cache avec Marjolaine dans les jardins et les appartements du vieux château. Je veux
m'habiller en revenant et faire une peur effroyable
à Mme de Raré. Elle croira voir le duc de Guise.
Jamais nous n'avons été seules à Blois. Ce sera
très amusant.

— C'est possible, dit Mlle d'Orléans, mais je
hais les mystères. Pourquoi m'en fait-on comme
si j'étais une petite fille ?

— Chut, ma sœur. Je sais toute l'histoire :
c'est parce que le Roi va venir à Chambord avec
la Reine-Mère, et notre sœur de Montpensier,
qu'on nous envoie à Blois.

— Que chuchottez-vous là, princesses ? dit
Mme de Raré : ce n'est point honnête de parler
bas, je vous l'ai dit cent fois.

— Ah, je parlerai tout haut tant qu'il vous
plaira, Maman Raré ! Je disais à ma sœur que si
nous quittions Chambord, c'était pour faire place
à Leurs Majestés.

7.

— Qui vous a dit cela, Mademoiselle ?

— C'est mon Papa. J'ai été l'embrasser au moment où il allait monter à cheval, et pour me récompenser d'avoir été si matinale, il m'a conté les nouvelles.

— Voilà bien notre prince ! murmura Mme de Raré. Il m'avait fait promettre de ne rien dire à ses filles avant leur arrivée à Blois : mais il a fait de même toute sa vie.

— Je vous y prends, Maman Raré : vous parlez out bas. Fi, que c'est vilain !

— Mais enfin, s'écria Mlle d'Orléans, est-ce qu'on veut nous cacher ? Si le Roi vient, je veux le voir et je le verrai.

— Leurs Majestés ne feront que coucher à Chambord, Mademoiselle. Le lendemain matin elles iront à Blois où vous les recevrez. Elles ne s'arrêtent à Chambord que pour faire une visite à Madame, qui ne peut quitter son lit, mais la fête que Monsieur veut leur donner aura lieu au château de Blois. Si on vous y envoie d'avance, c'est afin d'avoir assez de place ici pour loger toute la suite du Roi, qui est fort nombreuse.

— Le Roi restera-t-il longtemps ?

— Un ou deux jours, pas plus.

— Et où ira-t-il après ?

— A Bordeaux.

— Pourquoi faire ?

— Ne le demandez pas, dit Mme de Raré. C'est un secret d'état.

— Soyez tranquille, ma sœur, dit Mlle de Valois, je le saurai quand je voudrai. Allons, habillez-vous, ma petite Reine, et partons. Je voudrais déjà être en route, et aller secouer les pruniers de Marjolaine.

Bientôt après les princesses montaient en carrosse, et elles arrivèrent à dix heures du matin au château de Blois.

Tout y était en mouvement. Les grands appartements, fermés depuis plus de trois mois, étaient rouverts et encombrés de tapissiers et de valets qui replaçaient les tentures, rangeaient les meubles, époussetaient les lustres et les girandoles, nettoyaient les glaces et frottaient les parquets. Les galeries et les salles du vieux château, et jusqu'aux moindres recoins des différents bâtiments, étaient remis en ordre. Il y avait des tables dressées jusque dans la salle des États, et Boisjoli, le jardinier en chef, faisait apporter dans la cour d'honneur et le cloître qui précédait la chapelle, force caisses d'orangers, de myrtes et de lauriers roses.

En montant le grand escalier qui conduisait à leur appartement, situé dans le pavillon méridional du château neuf, les filles de Gaston s'arrêtèrent pour écouter deux tapissiers qui discutaient avec tant de vivacité, perchés sur leurs échelles, qu'ils ne s'étaient pas aperçus de l'arrivée des princesses.

— Je te dis, Pascaud, qu'il faut mettre là, non pas la tapisserie de l'incendie de Troie, mais celle qui représente le mariage du Roi Louis XIII avec Anne d'Autriche,

— Point du tout. On y verrait une allusion aux projets d'alliance avec l'Espagne.

— Hé bien, quand cela serait? Où est le mal?

— Le mal, parbleu, mais c'est que si le Roi épouse l'Infante, notre bon duc sera au désespoir. N'est-ce pas assez ennuyeux et ruineux pour lui d'héberger toute la cour qui se met aux champs pour aller quérir l'Infante, et faut-il encore que nous, ses serviteurs, nous lui mettions sous les yeux les armes d'Espagne accolées aux armes de France ? — A Dieu ne plaise !

Mlle d'Orléans avait pâli en écoutant ces propos. Elle saisit le bras de Mme de Raré, et lui dit à voix basse : — Cet homme dit une folie, n'est-ce pas ? Nous sommes en guerre avec l'Espagne.

— Hélas, Mademoiselle, la paix est fort souhaitée. Ne vous faites pas d'illusion. Mais, rien n'est conclu ni même promis : il ne faut pas désespérer, ajouta-t-elle en voyant la jeune princesse changer de visage. Ne restez pas ici, Mademoiselle. Venez vous reposer.

Elle l'emmena, lui fit choisir des étoffes et des rubans, et jusqu'au dîner l'occupa ainsi que Mlles d'Alençon et de Valois de la grande affaire des toilettes, mais Mlle d'Orléans n'y prêta qu'une attention distraite, laissa ses sœurs donner tous les ordres aux tailleuses et aux brodeuses, dîna fort peu, et aussitôt le fruit apporté, se leva de table et voulut descendre au jardin de la Reine.

Bientôt, lasse du caquet de ses sœurs et de leurs amies, et fatiguée de l'excessive chaleur, elle dit qu'elle voulait dormir et imposa silence à toute la compagnie. Chacune des jeunes filles s'installa le mieux qu'elle put sur les tapis et les coussins, et quelques instants après on n'entendit plus dans le pavillon d'Anne de Bretagne, que le frais murmure du jet d'eau et la respiration égale des jolis dormeuses.

L'une d'elles, cependant, ne sommeilla que cinq minutes. C'était l'aînée de toutes, et la plus belle. Françoise de la Vallière avait alors seize ans ; ses yeux bleus, sa chevelure d'un blond argenté, son teint délicatement rosé, sa grâce timide et l'élégance harmonieuse de tous ses mouvements, charmaient les regards. Quelque tristesse pourtant voilait ce front si pur. Tout enfant elle avait perdu son père : sa mère, remariée, ne lui témoignait que peu d'affection, et Mlle de la Vallière était une de ces âmes aimantes, une de ces natures frêles et dévouées qui se donnent tout entières quand elles se croient aimées.

Ce jour là elle se disait : le Roi va venir ! et
tout ce qu'elle avait entendu raconter des royales
perfections de ce prince, l'idole de la France, lui
revenait en mémoire. Comme toute la petite cour
de Blois, elle espérait que Mademoiselle d'Orléans
pouserait Louis XIV, et se demandait si, en devenant reine, la jeune princesse n'oublierait pas
d'emmener avec elle comme demoiselles d'honneur ses amies d'enfance Valentine de Raré,
Jeanne de Saint-Remy et Françoise de la Val-
ière.

L'heure s'avançait et le soleil commençait à
envoyer quelques uns de ses rayons dans le pavillon, lorsqu'une ombre passa dans cette lumière
dorée. Mlle de La Vallière leva la tête et aperçut
Marjolaine, portant à deux mains une corbeille
emplie de pêches, de prunes et d'abricots, dis-
posés avec art et entremêlés de feuilles de vigne.

— Voici le goûter des princesses, dit Marjolaine
à voix basse.

— Chut ! elles dorment, dit Mlle de La Vallière,
pose là ta corbeille, Marjolaine, et suis moi.

Elle se leva sans bruit, et, marchant si

légèrement qu'elle semblait raser la terre comm
une hirondelle, emmena Marjolaine à quelqu
distance, et s'assit près d'elle sur un banc d
marbre blanc.

Grande, brune et vermeille comme ses pêche
la belle Marjolaine était svelte et robuste à la foi
et ses allures vives, ses yeux riants et doux comm
le ciel du Blésois, témoignaient de la joyeus
sérénité de son cœur. Elle était fille du bonhomm
Boisjoli, et, malgré son humble naissance, tena
souvent compagnie aux princesses, que dive
tissait sa belle humeur et son adresse à les coiff
et à leur faire des bouquets. Mlle de La Vallièr
l'aimait beaucoup. Certes, en jasant avec la jeun
jardinière, elle ne songeait nullement à se fair
admirer. Il n'y avait dans tout le jardin que mes
dames de Raré et de Saint-Remy, l'aumônier qu
disait son bréviaire sous la galerie de Henri IV
et le vieux Boisjoli taillant une charmille; mais s
l'ombre de Charles d'Orléans ou de quelque poët
de sa pléiade eût erré alors dans les jardins d
Blois, cette ombre, à l'aspect de ces deux belles
eût pensé voir Flore et Pomone en personnes, e

se fût mise à rimer là dessus bien des extravagances.

II

PÈRE ET JARDINIER

> C'était en vue de ce parterre.
> Où la fleur de lys foisonnait.
> Quant et la rose et le muguet (1).

Or, tandis que ces deux belles filles devisaient
à l'ombre dans le jardin de la Reine, un prêtre
encore jeune et d'une noble figure, disait son
bréviaire en faisant les cent pas dans la galerie de
pierre qui séparait le jardin bas du jardin haut.
C'était l'abbé de Rancé, premier aumônier du duc
d'Orléans. Le futur réformateur de la Trappe
n'était pas encore entré dans la voie austère où
ses pas furent si rapides et sa pénitence si éclatante, mais sa charité pour les pauvres et son

1. Mélanges poétiques du Marquis de Paulmy, manuscrits de
la bibliothèque de l'Arsenal.

affabilité l'avaient rendu populaire à Blois. Le
bonhomme Boisjoli, tout en taillant sa charmille,
guettait l'abbé, et lorsqu'il le vit fermer son livre,
le jardinier s'approcha, le chapeau à la main, et
pria M. l'aumônier de lui accorder un moment
d'audience.

— Très volontiers, mon brave Boisjoli ; qu'y
a-t-il donc? fit l'abbé un peu surpris. Est-ce que
tout ne va pas à votre gré dans les jardins du
château ?

— Bien au contraire, monsieur l'abbé, tout
y foisonne, fruits, légumes et fleurs, et mes gars
sont laborieux et obéissants, surtout Calais, le
brave cœur. Mais c'est la Marjolaine qui me met
martel en tête.

— Votre fille? est-ce qu'elle pense à se marier?

— Plût à Dieu ! Calais serait si bien son fait !

— Est-ce qu'elle se conduit mal ?

— Non point, Dieu merci ! Elle est sage et
pieuse comme un ange. C'est tout le portrait de
ma défunte, sa bonne mère, à qui Dieu fasse paix.
Marjolaine est la perle des jeunes filles. Je peux
bien dire ce que tout le monde dit, n'est-ce pas?

— Sans doute. Est-ce qu'elle veut entrer en religion ?

— Pas du tout.

— Mais enfin, qu'y a-t-il?

— Ah, Monsieur l'abbé, c'est difficile à expliquer : ce serait long. J'ai peur de vous ennuyer.

— Commencez tout de suite, Boisjoli, et asseyons-nous.

Ils prirent place sur un degré de pierre, d'où l'on dominait le parterre de la Reine, et le vieux jardinier à tête blanche commença son récit, tout en tournant et retournant entre ses mains calleuses son chapeau de paille roussi par le soleil.

— Il faut vous dire d'abord, Monsieur l'abbé, que j'étais marié depuis vingt ans quand ma femme mit au monde notre petite Marie Marjolaine. Tous nos autres enfants étaient morts au berceau et nous avions grand peur que la petiote ne fît comme eux. Sa pauvre mère ne savait quel soin en prendre ni à quel saint se vouer pour la conserver, et priait Dieu jour et nuit de ne pas lui reprendre ce petit ange. L'enfant venait bien: elle était belle et fraîche comme les roses, mais sa mère inquiète n'osait se réjouir, et disait : Ah, si je savais qu'elle dût vivre, que je serais heureuse ! Dans son inquiétude, elle voulut connaître l'avenir, et, à mon insu, porta sa petite enfant à la sybille du château.

— Quelle sybille ? demanda l'abbé.

— Mais celle qui habite encore la tour du Foix, monsieur l'abbé. Vous ne la connaissez donc point ? Les plus anciens serviteurs du château l'ont toujours vue là, et mon père, qui est mort l'an dernier, âgé de quatre-vingt-dix ans, et qui se rappelait fort bien les Etats de 1576 et la reine Catherine de Médicis, m'a dit que, tout enfant, il avait vu cette sybille paraissant aussi vieille qu'elle est à présent. Jamais personne n'a osé la déloger. Elle ne sort jamais de la tour du Foix, où de bonnes âmes lui portent de la nourriture deux fois par semaine. On ne l'aperçoit que pendant les nuits de pleine lune, sur la plate forme de la tour. Monsieur ne veut point qu'on la dérange, et dit que ce n'est qu'une pauvre folle, dont les manies ne font de mal à personne. Mais à moi, elle en a fait, et voici comment.

Ma femme lui porta donc Marjolaine, et lu demanda quel serait le destin de ce petit maillot.

— Ce maillot est une fille, dit la sorcière, une fille qui sera la plus belle de tout le Blésois. Voyons sa main.

Elle regarda longtemps la main de l'enfant, fit mille simagrées, frappa sur la pierre sonnante de la reine Catherine, et finit par dire : — Réjouissez vous, Anne Boisjoli. Votre fille vivra plus de quatre-vingts ans, sera plus heureuse que la Reine et portera une belle couronne.

Ma femme, quasi folle de joie, revint en courant au logis, et me conta ce qui s'était passé. Je la grondai très fort, lui disant qu'une bonne chrétienne ne devait pas consulter les sorcières, et je lui défendis de parler de cette prédiction à qui que ce fût. Surtout, lui dis-je, pas un mot à Marjolaine quand elle sera d'âge à comprendre. De telles chimères lui tourneraient la tête et la mettraient en danger de se perdre. Une couronne? la fille d'un jardinier ! Quelle sottise !

— Mais, dit ma femme, qui sait ? On a vu des rois épouser des bergères. C'est un proverbe.

— Peut-être bien, ma femme, quand les rois
étaient bergers, mais ce n'est plus la mode.
Oubliez ces sornettes ridicules, et ne songez
qu'à faire de Marjolaine une bonne ménagère
comme vous, en priant Dieu de lui donner dans
dix-huit ans un brave homme comme moi.

J'espérais que ma femme m'obéirait, mais la
pauvre bonne créature resta persuadée que sa
fille était destinée à épouser sinon un roi, du
moins un duc ou un archiduc, et elle l'éleva en
conséquence. Elle lui fit apprendre à lire, à broder, à peindre des fleurs et à jouer du luth, le
tout sans qu'il m'en coutât un rouge liard. Notre
bonne Madame, voyant la petite si belle, toujours habillée de blanc et une fleur au corset,
voulut la donner pour compagne aux princesses.
Tout l'hiver, la Marjolaine ne bougeait du château, et partageait les leçons et les plaisirs des
princesses. L'été, souventes fois, on la venait
quérir en carrosse avec sa mère pour passer des
semaines entières à Chambord. Tout cela ne
m'arrangeait point; mais les ordres de Leurs
Altesses Royales, les instances de ma femme,

les cajoleries de la petite... enfin il en est résulté
que Marjolaine a été élevée en demoiselle et que
ma pauvre femme est morte persuadée qu'elle
me laissait en garde une future souveraine.

— Elle n'a rien dit à Marjolaine, je pense?
dit l'abbé.

— Çà, monsieur l'abbé, Dieu le sait, mais
pas moi. Ce qui est certain, c'est qu'une heure
avant de rendre l'âme, elle a dit à Marjolaine : —
Ma fille, souviens-toi quand tu seras une grande
dame, souviens-toi de ne jamais mépriser ta
famille, et d'honorer ton père comme un roi.
Marjolaine est une bonne fille, monsieur l'abbé,
elle s'est mise au ménage depuis la mort de sa
mère, et ne va plus au château que très-rare-
ment. Elle a refusé d'aller à Chambord et me
tient compagnie, mais je vois bien tout de même
qu'elle rêve à des chimères. Elle a refusé d'épouser Calais, mon premier garçon, un brave et digne
jeune homme qui me succèdera, qui a des vignes
à Chouzy, et sait quasi autant de latin que
M. Brunyer; Calais, mon bras droit, monsieur
l'abbé, honnête, rangé, bon et beau comme du

pain blanc. Peste soit de la sorcière! Et, savez-vous ce que j'ai vu cette nuit, monsieur l'abbé?

— Hé quoi donc? demanda l'abbé, que l'air ému du bonhomme intéressait.

— La chambre de Marjolaine n'est séparée de la mienne que par une cloison. Je m'étais couché avec le soleil, comme toujours. Vers deux heures du matin je m'éveille, et j'aperçois de la lumière entre les fentes de la cloison. Pensant que ma fille était malade, je m'habille et je vais chez elle. Je la trouve l'aiguille à la main, cousant une dentelle d'argent et des nœuds de ruban couleur de feu à sa robe des dimanches. Tout autour d'elle je vois des affiquets de toilette: elle ne s'était pas couchée.

— Que fais-tu là? lui dis-je.

— Hé, mon père, je prépare ma parure pour recevoir le Roi. Toutes les femmes de Blois en font autant, et il ne conviendrait pas que la fille du jardinier du château fut la seule mal ajustée. Il faut faire honneur à Leurs Majestés.

— Quelle folie! crois-tu donc que l'on fera attention à une petite jardinière.

— Peut-être bien, fit-elle d'un air capable
que je ne lui avais jamais vu. Je lui ordonnai de
se coucher, et j'en fis autant. Mais je n'ai pas
refermé l'œil. Quel malheur que cette visite du
Roi! Il va venir escorté d'une foule de jeunes
seigneurs plus galants et plus évaporés les uns
que les autres. Marjolaine sera complimentée,
remarquée. Sa mère n'est plus là pour la garder.
Si on allait me la tourner à mal! Dites-moi,
monsieur l'abbé, que me conseillez-vous? Je
voudrais emmener ma fille de Blois, la conduire
à ma sœur qui est fermière à Thoury, une lieüe
au-delà de Chambord, et l'y laisser jusqu'au départ du Roi, mais je crains de fâcher les princesses. Pourriez-vous, monsieur l'abbé, me
donner un mot d'écrit pour Monsieur?... Si
j'avais congé de Son Altesse Royale, les crieries
des princesses ne me feraient rien.

— C'est aisé, dit l'abbé; je devais justement
envoyer un courrier pour demander à Monsieur
si le Roi entendrait la messe après demain ici ou
à Chambord. C'est vous qui serez ce courrier.
Vous prendrez Marjolaine en croupe, et je met-

7..

trai dans ma lettre deux mots qui arrangeront
l'affaire. Marjolaine est encore en deuil de sa
mère, et le Duc comprendra, j'espère, qu'il con-
vient de la dispenser de paraître dans les fêtes.
Préparez-vous. Je vais aller écrire. Pauvre Marjolaine ! je la vois là-bas rire et causer avec mademoiselle de La Vallière. Elle ne se doute pas de
la déconvenue que nous lui préparons. Elle pleu-
rera, bien sûr. Tiendrez-vous ferme?

— Jarni oui ! s'écria le jardinier. Dût-elle
pleurer à remplir un arrosoir, je l'emmènerai.
Tant pis pour ses yeux. D'ailleurs la pluie fait
du bien aux fleurs.

Une heure avant le coucher du soleil, le jardinier monté sur un vigoureux cheval percheron
et tenant sa jolie fille en croupe, cheminait sur
la route de Chambord. On voyait bien aux yeux
de Marjolaine qu'elle avait pleuré, mais la soirée
était si belle, et son père, plus ému qu'il ne voulait le paraître, lui parlait avec tant de bonté,
que la jeune fille reprenait sa belle humeur à
mesure que l'on s'approchait des bois de Chambord. Elle se disait d'ailleurs : — ma tante, pour

sûr, voudra voir l'entrée du Roi, et me conduira au château demain.

Et, tandis que les alouettes s'élevant jusqu'aux nuages, saluaient par leurs aériennes chansons le soleil déclinant, et que le belvédère fleurdelysé et les élégantes cheminées de Chambord apparaissaient au-dessus des sombres futaies du parc, Marjolaine se mit à chanter, et son vieux père, joyeux de la voir consolée, joignit sa voix à celle de son enfant.

III

HALTE EN FORÊT

> Entre Monsieur de la Vrillière,
> Et Madame de Nantouillet ;.....
> Monsieur dissertait, distinguait,
> Hésitait comme à l'ordinaire.

Il ne restait plus à Boisjoli et à Marjolaine qu'un demi quart de lieue à faire pour arriver au château de Chambord, lorsqu'un groupe de cavaliers débouchant d'une allée transversale, parut sur l'avenue. Le premier d'entre eux, gentilhomme de bonne mine, paraissant âgé d'environ cinquante cinq ans, aperçut le jardinier et s'écria en arrêtant brusquement son cheval :

— Ventre saint gris ! voilà notre homme ! Viens ça, mon vieux Boisjoli, nous parlions de toi et de la Marjolaine. J'ai affaire de cette petite. Tu arrives comme marée en carême. Regardez la Marjolaine, monsieur de la Vrillière, n'a-t-elle pas été créée et mise au monde pour le rôle en question ?

— Absolument, Monsieur.

Le jardinier se hâta de mettre pied à terre, aida sa fille à descendre de cheval, et présenta au duc d'Orléans la lettre de l'abbé de Rancé en lui disant : — Je suis bien heureux, Monsieur, que Votre Altesse Royale daigne penser à son vieux serviteur. Voici une lettre de monsieur l'aumônier.

— Je la lirai au château ; il ne fait quasi plus clair. Tu attendras ma réponse, Boisjoli. Va-t-en souper à Chambord avec ta fille. J'allais l'envoyer chercher. Nous avons besoin d'elle : il faut

qu'elle apprenne le compliment qu'elle récitera
au Roi après demain, et il n'y aura pas trop
de toute la journée de demain pour préparer
son costume.

— Quel costume, Monsieur? demanda le jardinier d'un air si effaré que Gaston d'Orléans
éclata de rire.

— Mais le costume de Diane chasseresse,
parbleu! une tunique de toile d'argent brodée
d'or, un carquois, un arc à la main, des brode-
quins dorés, un croissant sur le front. Elle ira
au devant du Roi suivie de tout un cortège de
gardes forestiers déguisés en faunes et en sylvains
et d'une douzaine de nymphes et de dryades, et
elle présentera les clefs du château à leurs Majestés en leur débitant un discours des plus galants
que M. de Neufgermain est en train de composer.
Ce sera tout à fait joli. Allez au château.

— Mais, dit le pauvre jardinier tout quinaud,
mais, Monsieur, ma fille n'est point capable,...
ma fille est en deuil de sa mère... Je ne sais si
je dois...

Mais Gaston d'Orléans avait déjà secoué les

7...

rênes de son cheval, et, reprenant le cours de sa promenade, il disparut bientôt sous les ombrages du parc.

Boisjoli resta fort perplexe : l'idée de voir sa fille jouer le rôle de Diane chasseresse lui déplaisait fort, mais comment désobéir au Duc d'Orléans?

— Marjolaine, dit-il, que penses-tu de cela?

— Hélas, mon père, c'est ennuyeux, mais si Son Altesse Royale le veut absolument, comment dire nenni?·

— Et tu n'aurais pas peur de parler au Roi?

— Mais non,... point du tout.

— Et tu saurais apprendre un discours en vers?

— C'est très aisé. J'ai joué la comédie plus d'une fois avec les princesses : je savais toujours mon rôle et les leurs pardessus le marché.

— Peste soit de mon idée! se dit à lui-même Boisjoli, si je m'étais tenu coi chez nous, j'aurais pu faire passer ma fille pour malade; à présent que Monsieur l'a vue, impossible. J'ai amené la

brebis au loup, imbécile que je suis. Comment
me tirer d'intrigue?

Et le pauvre homme s'asseyant par terre et se
tenant la tête à deux mains, ne savait que faire.
Le cheval s'était mis à brouter, et Marjolaine
voyant les dernières lueurs du jour s'effaçer
des hautes cheminées de Chambord, et les vers
luisants qui commençaient à briller dans le
taillis, se demandait si son père voulait passer
la nuit à la belle étoile.

Tout à coup le galop d'un cheval résonna sur le
pavé de la route, et l'on vit arriver à franc étrier
Pierre Calais en personne.

— Bonsoir, maître, cria-t-il de loin à Boisjoli,
bonsoir, mamselle Marjolaine, je comptais vous
rattraper bien plus tôt, mais mon cheval s'est dé-
ferré en chemin. Il faut revenir à Blois dare
dare; Mademoiselle d'Orléans est très fâchée que
Marjolaine soit partie sans sa permission. La princesse a besoin d'elle pour une broderie, un
atour de je ne sais pas quoi, et vous commande
de retourner tout de suite à Blois.

— Mais, dit Boisjoli, Monsieur veut que

ma fille se déguise en déesse et complimente le Roi après demain à Chambord.

— Si Monsieur y tient tout de bon, elle y retournera, mais vous savez bien que Son Altesse Royale, que Dieu la bénisse! change d'idée une douzaine de fois par jour. Il y a d'autres belles filles à Chambord pour faire des mascarades : Mademoiselle d'Orléans retourne les volontés de son père comme un gant. Elle ajustera l'affaire. Allons, remontez à cheval, et partons.

— Oui dà : mais Monsieur m'a dit d'aller souper à Chambord.

— Je m'en vais y courir, et lui expliquer l'histoire, dit Calais. Je prendrai un autre cheval, et je vous rejoindrai tout à l'heure.

— Tu as raison, Calais. Nous allons repartir à la sérénade, tout bellement. La lune se lève bien à propos pour éclairer le chemin.

Le père et la fille se remirent en selle, et s'en allèrent vers Blois au petit trot. Une heure après, Calais les rejoignit. Ils soupèrent avec lui à Huisseau, et ne rentrèrent à Blois que bien longtemps après le couvre-feu.

Marjolaine était fort lasse d'avoir fait sept lieues à cheval, et elle souhaitait déjà le bonsoir à son père, lorsqu'une chambrière de Mademoiselle d'Orléans vint la chercher. La jeune princesse voulait lui parler tout de suite.

Marjolaine rajusta ses habits et sa coiffure et suivit Mlle Rostine, tandis que le vieux jardinier murmurait : — ces jeunes folles vont passer la nuit à chiffonner des fanfreluches. Allons, viens, Calais : en attendant ma fille, nous allons boire un pot de vin clairet.

IV

LA SYBILLE DE BLOIS

> De confort la voile tendroye
> Si je cuidoye seurement
> Avoir ainsy que je vouldroye,
> A plaisir et à gré le vent.
> CHARLES D'ORLÉANS.

Mademoiselle d'Orléans s'était coiffée de nuit et avait fait croire à sa gouvernante qu'elle allait se coucher. Ses sœurs dormaient déjà, et Mme de

Raré, très lasse, s'était retirée dans sa chambre.
La jeune princesse n'avait auprès d'elle que
Mlle de La Vallière.

— Enfin ! s'écria-t-elle en voyant entrer Marjolaine, enfin ! votre père est un homme étrange,
ma mie, et je ne comprends pas que vous ayiez
eu l'impertinence de partir sans prendre congé
de moi.

— Princesse, dit Marjolaine, mon père ne m
l'a pas permis. Il était fort pressé, à cause d'une
commission de M. de Rancé. Je prie Votre Altesse de me pardonner.

— N'en parlons plus, Marjolaine. Vous êtes
revenue, c'est l'essentiel. La broderie dont Calais vous a parlé n'était qu'un prétexte. J'ai
besoin de vous pour autre chose. Connaissez-
vous la sybille?

— Oui, Mademoiselle. Il y a deux ans elle fut
malade, et j'accompagnai une fois ou deux ma
mère qui en prenait soin.

— Vous allez me conduire chez elle.

— Chez elle? Y pensez-vous, Princesse, chez
une sorcière !

— Votre mère y allait bien. D'ailleurs, je le veux. Je n'y resterai qu'un instant avec La Vallière et vous, mais il faut que je lui parle.

— Songez, Princesse, qu'elle est à moitié folle et laide à faire peur. Si nous attendions le jour.

— Le jour! mais j'aurai Mme de Raré sur mon chemin. Allons-y tout de suite, mettez cette mante et conduisez-nous.

Il fallut obéir. L'appartement des princesses, situé dans le bâtiment neuf, communiquait avec la terrasse du midi par un petit escalier. Marjolaine et ses compagnes le descendirent et, traversant la terrasse, s'avançèrent vers la tour de l'observatoire. Un profond silence régnait dans cette partie du château, et le clair de lune était si beau que la terrasse semblait couverte d'un tapis blanc.

Sur la plateforme de la tour, à côté du petit édifice en briques, portant l'inscription URANIÆ ACRUMS, qui avait jadis servi d'observatoire à Catherine de Médicis, une ombre noire errait, agitant les bras, et faisait entendre un chant monotone, assez semblable au coassement des grenouilles. Cette silhouette bruyante était si effroyable que Mlle de La Vallière, en l'apercevant, se mit à trembler comme la feuille, et conjura la princesse de ne pas aller plus avant. Mais la petite-fille d'Henri IV n'avait peur de rien, et demanda tranquillement à Marjolaine : — Ce vilain épouvantail qui chante là-haut, est-ce la sybille?

— Oui, Princesse. Elle ne se montre ainsi que pendant les nuits de pleine lune.

— Allons la voir de près. Si vous avez trop peur, La Vallière, allez-vous en.

— Toute seule, Mademoiselle? j'aime encore mieux vous suivre. Mais qui nous ouvrira la porte de cette tour?

— Elle n'est jamais fermée qu'au loquet, dit Marjolaine, je monterai d'abord pour aller demander de la lumière à la sybille. L'escalier est tout noir.

— C'est inutile, dit la princesse. J'ai ce qu'il faut.

Elle tira de dessous sa mante une petite lanterne sourde, l'ouvrit et ajouta : — Montez, je vous suis.

Arrivées en haut de l'escalier tournant où, çà et là, par les meurtrières étroites, entrait un rayon de lune, Marjolaine et ses compagnes se trouvèrent devant une porte fermée sur laquelle était clouée une grande chauve-souris, dont les yeux desséchés avaient été remplacés par deux brillantes escarboucles.

Marjolaine heurta doucement ; une voix rauque demanda : — Que voulez-vous, Princesse ?

— Ah ! c'est bien une sorcière, s'écria Mlle de La Vallière, sauvons-nous !

— Chut ! dit Mademoiselle d'Orléans en lui prenant la main. Ouvrez-moi, madame la sybille. Je veux vous parler.

— La fille de Gaston d'Orléans a droit de commander ici, reprit la voix, mais avant de lui obéir, celle qui depuis un siècle habite cette tour et a reçu les bienfaits du bon roi Henri, celle-là doit vous avertir que vous feriez mieux de ne pas l'interroger.

— Vous l'entendez, Mademoiselle, dit Mlle de

8

La Vallière à voix basse, pour l'amour de Dieu, allons-nous en !

— Ouvrez, je le veux ! répéta Mlle d'Orléans.

Un bruit de verrous se fit entendre ; la porte s'ouvrit et les trois jeunes filles se trouvèrent sur une terrasse crénelée d'où l'on découvrait le magnifique paysage des rives de la Loire, la ville et la forêt de Blois, et, au loin, émergeant d'un océan de verdure, les élégantes toitures et la fleur de lys gigantesque qui couronnent le château de Chambord. Mais, accoutumées à ces merveilles, la princesse et ses compagnes ne regardèrent que la sybille qui avait reculé de quelques pas et s'appuyait sur la table de pierre de Catherine de Médicis. Armée d'un petit marteau de fer, elle la frappait légèrement, et la pierre résonnait comme une cloche de bronze. La sybille était fort grande, d'une maigreur de spectre, et ses coiffes et sa robe très amples, et en étoffe noire et légère, flottaient comme un nuage autour d'elle.

— Salut, dit-elle, salut, vierges folles ! Vous voilà trois qui errez la nuit et voulez connaître

l'avenir. Insensées! vous feriez mieux de dormir. Toi, surtout, Marjolaine. J'ai dit à ta mère
que tu porterais une belle couronne, que tu serais sage et heureuse, que veux-tu de plus?

— Rien, oh! rien du tout, s'écria la jeune
fille : je ne suis venue que pour accompagner
Mademoiselle.

— Et vous, Françoise de La Vallière, voulez-
vous connaître le sort qui vous attend? Donnez-
moi votre main.

Mlle de La Vallière hésitait : la princesse saisit
sa main et l'obligea de la montrer à la sybille.

Celle-ci prit dans ses doigts crochus la main
blanche et effilée de la jeune fille, et la regarda
quelques instants. Mlle de La Vallière osait à peine
lever les yeux sur le visage anguleux de la sorcière : Mlle d'Orléans s'étonnait de ce long silence.

— Hé bien? fit-elle.

La sybille repoussa la main de Mlle de La Vallière, et, se détournant, entra dans le petit observatoire de la Reine et y alluma une lampe. A la
clarté rougeâtre que cette lampe ne tarda pas à

répandre, Mademoiselle d'Orléans vit la vieille femme feuilleter un livre. Elle revint au bout de cinq minutes.

— Vous ferez l'étonnement du monde, dit-elle à Mlle de La Vallière ; les fêtes, les trésors vous seront prodigués, mais vous ne trouverez la paix qu'au Carmel.

— Le Carmel ! s'écria Mademoiselle d'Orléans, La Vallière carmélite ! Ah, elle aime bien trop à danser pour cela ! A moi : regardez ma main ; serai-je Reine de France ?

— Vous serez souveraine, Mademoiselle, vous régnerez sur un beau pays. L'étoile des Médicis a brillé sur votre berceau, mais le trône qui vous attend n'est pas celui de Louis XIV.

— Serai-je au moins Reine d'Angleterre ?

— Non : la couronne que vous porterez n'est pas une couronne fermée.

— C'est ce qu'il faudra voir ! murmura la princesse. Et la couronne de Marjolaine, sera-t-elle couronne de comtesse ou de duchesse ?

— Chut ! fit la sybille : écoutez !

Le premier coup de minuit sonnait à l'horloge

du château, et les églises et les couvents de la ville lui répondaient en chœur.

— Partez, reprit la sorcière : avant que le douzième coup ait tinté, le démon sera ici. J'entends le bruit de ses ailes : voyez, il passe devant la lune ! sauvez-vous !.

Un nuage, en effet, nuage noir et d'une forme étrange, voilait la lune.

Tremblantes, la princesse et ses compagnes se hâtèrent de descendre. Elles entendirent la sybille refermer ses verrous et recommencer la sinistre incantation que leur visite avait interrompue.

Lorsqu'elles arrivèrent en bas, le nuage avait passé : le clair de lune illuminait de nouveau les terrasses de Blois, et les promeneuses nocturnes rentrèrent sans avoir rencontré personne.

V

CHAMBORD

> Entre quatre rideaux était
> Madame qui fébricitait.
> MARQUIS DE PAULMY.

Ainsi que Calais l'avait prévu, Gaston d'Orléans changea de projet quant à faire haranguer
le Roi par une Diane chasseresse. M. de Neufgermain n'était pas en verve, et ce « poète hétéro-
clite » comme il s'intitulait lui-même, eut beau
se creuser la tête, frapper de grands coups de
poing sur sa table, invoquer la Muse et boire de
bon piot, la Muse ne vint point, et la harangue
se réduisit à un seul vers, que Neufgermain ne
put jamais se résoudre à sacrifier, tant il le trouvait beau, mais dont la rime n'était pas aisée à
découvrir :

Grand Roi, qui préludez à d'illustres triomphes....

. De plus, les tailleurs et couturières du château, accablés de travail et persécutés par les dames et les demoiselles, qui, toutes, voulaient être parées comme des châsses, déclarèrent qu'en ne dormant ni ne mangeant, ils auraient tout au plus le temps nécessaire pour terminer les habits de cour, et ne sauraient, en aucune sorte, inventer et confectionner des costumes de Sylvains, de Dryades et de Diane chasseresse. Madame consultée, déclara que la mascarade projetée serait inconvenante, et que l'idée seule lui en donnait la migraine. Bref, le bon Duc y renonça, et, pour se consoler, fit dresser des arcs de triomphe, tuer force gibier de poil et de plume, rassembler toute sorte de provisions, et apporter dans les viviers du château les plus beaux poissons de la Loire. Les officiers du Roi et de Mademoiselle de Montpensier arrivèrent avec les fourgons de bagages, et les cuisines envahies par la foule des marmitons et des pourvoyeurs envoyèrent bien-tôt au-dessus des toits de Chambord de grands panaches de fumée.

Tandis que Gaston d'Orléans s'agitait au mi-

lieu de ce tumulte et donnait cent ordres contra-
dictoires que ses domestiques interprétaient à
leur fantaisie, sa femme, Marguerite de Lorraine,
sous le triple rempart de ses rideaux de soie, ne
songeait qu'à prendre soin d'elle-même. C'était
une personne sans intelligence et sans énergie.
Son romanesque mariage avait fait croire à ses
contemporains qu'elle avait de l'ambition et un
cœur passionné : il n'en était rien. Enlevée par
Gaston à l'âge de quatorze ans, elle n'avait au-
cunement songé quelle folie c'était à elle de se
brouiller tout à la fois avec la famille royale de
France où elle entrait quasi de force, et son
propre frère, le duc de Lorraine, fort opposé à
ce mariage. Lorsque, plus tard, elle se vit négli-
gée, humiliée, elle se réfugia dans une vie obscure et sans dignité. Depuis la mort de son fils,
le petit duc de Valois, surtout, elle ne tenait
plus d'autre place que celle d'une malade imaginaire, dont personne, pas même ses filles, ne
faisait état. Sa belle-fille, la grande Mademoiselle,
a complaisamment noté dans ses Mémoires l'a-
version qu'Anne d'Autriche avait pour Madame.

La Reine dit un jour à Mademoiselle : « Monsieur me fait pitié de croire que je voulusse que mon fils épousât votre sœur. C'est assez qu'elle soit fille de Madame pour que l'affaire ne soit jamais. Sa personne, son humeur et ses manières me sont odieuses. Je noierais plutôt mon fils. »

Mademoiselle lui dit : « Madame, elle est fille de mon père. » La Reine répondit : « Cela ne fait rien. Elle l'est aussi de votre belle-mère et cela gâte tout (1). »

Le jour se leva très beau le 5 août et Gaston à la tête d'une brillante cavalcade, partit vers deux heures de l'après-midi pour aller au-devant du Roi qui, parti la veille de Fontainebleau, avait couché à Jargeau et dîné en route.

Gaston s'était placé sur une petite éminence en dehors du parc. Il ne tarda pas à voir galoper dans la plaine les courriers qui précédaient le Roi, et bientôt huit grands carrosses dorés, traînés les uns par six, les autres par quatre che-

1: *Mémoires de Mademoiselle de Montpensier*, année 1659.

8.

vaux, couverts de harnais brillants, de houppes et de grelots, et soulevant des tourbillons de poussière, apparurent dans le lointain, escortés de nombreux cavaliers.

Le duc d'Orléans et son escorte allèrent à la rencontre du cortège. Les carrosses s'arrêtèrent ; Anne d'Autriche fit monter près d'elle le duc d'Orléans ; force compliments et embrassades furent échangés, puis l'on repartit au grand trot sous les ombrages séculaires des chênes de Chambord.

La toilette de la Reine, sa visite à la duchesse d'Orléans qui la reçut couchée, la collation, le jeu et une promenade de curiosité dans les appartements et sur les terrasses du château, occupèrent les Dames, à qui Mademoiselle faisait les honneurs. Quant au jeune Roi, il voulut, malgré la chaleur, visiter le parc et chasser. Gaston, qui aimait beaucoup ses faisans, et en avait déjà fait occir deux douzaines pour le souper de ses hôtes, aurait souhaité que le Roi se contentât de quelque autre divertissement, mais Louis XIV voulut absolûment chasser, et tua

de sa propre main quatorze des plus beaux faisans de son oncle.

Vers le soir, enfin, il consentit à rentrer au château et monta sur la terrasse supérieure pour voir
coucher le soleil. Anne d'Autriche y vint aussi,
accompagnée de ses dames et de Mademoiselle.
La Reine avait alors près de soixante ans, mais,
comme le dit madame de Motteville, elle était
encore belle et les tresses de son épaisse chevelure de même couleur et de même éclat qu'à
l'âge où elle mettait au monde Louis XIV. Un
grand col de dentelles de Venise et des man-
chettes relevées, ressortaient sur le noir brillant
de sa robe de gros de Tours, et leur blancheur
était surpassée par celle de ses bras et de ses ad-
mirables mains. Une mantille espagnole, jetée
avec art sur sa tête, et une agrafe de perles et de
turquoises complétaient la parure de la Reine.
Mademoiselle, ce soir-là, était habillée de taffetas
gris de lin, avec force dentelles de Dieppe et rubans noirs et couleur de feu ; et la princesse de
Conti, la princesse Palatine Anne de Gonzague et
les dames de la Reine et des princesses, rivalisaient

d'élégance. Il n'y avait que le jeune Roi qui fût habillé très simplement. Il avait dit le matin même, dans le carosse, à Mademoiselle de Montpensier : « Je n'ai point voulu mettre un autre habit ni décordonner mes cheveux, parce que si je me parais, je donnerais trop de regret à votre père, à votre belle-mère et à votre sœur : Ainsi je me suis fait la plus vilaine figure que j'ai pu pour les dégoûter de moi. » Mais Louis XIV était si beau, l'éclat de la jeunesse se joignait en lui à un si grand air, qu'eût-il pris un habit de pauvre, il n'en n'eût pas moins attiré tous les regards. Les jeunes seigneurs qui l'entouraient, quoique gentilshommes de bonne mine, étaient éclipsés par lui, et Anne d'Autriche ne se lassait pas d'admirer son fils et son Roi, en se réjouissant d'avance du mariage projeté de Louis XIV et de l'Infante d'Espagne.

Le Duc d'Orléans avait fait apporter des tables de jeu sur la terrasse, et ses pages offrirent des fruits à la glace et des petits pots de crême Saint-Gervais à toute la compagnie, tandis que les violons de Mademoiselle, cachés dans une mansarde, jouaient les plus jolis airs de Lulli. Le coucher du soleil fut splendide, et ce ne fut qu'à la nuit close et après avoir vu le lever de la lune, que les hôtes de Chambord descendirent pour souper dans la grande salle du premier étage.

VI

LE CHASSEUR NOIR

> Là bas, là bas au fond des bois,
> J'entends le cor et les abois
> De la meute infernale.
> Sauvons-nous, c'est le noir chasseur !
> C'est Thibault le tricheur !
> (Vieille ballade.)

Il faisait fort chaud dans cette salle, illuminée de centaines de bougies, et le Roi proposa de souper très vite, afin de retourner sur la terrasse.

— Je crois, mon fils, lui dit Anne d'Autriche, qu'il ne fera pas bon ce soir là-haut. Il me semble entendre le tonnerre, et la journée a été trop

brûlante pour qu'il n'y ait pas d'orage cette
nuit.

— Tant mieux, dit le Roi : ce doit être une
belle chose qu'un orage à Chambord.

— C'est effroyable, dit Mademoiselle, et d'autant plus que c'est dans les nuits d'orage que le
chasseur noir parcourt la forêt. Je l'entendis une
fois jadis, et j'en faillis mourir de peur.

— Peur ! s'écria Louis XIV. Voici un mot
qui ne vous sied pas, ma cousine. Je suis assuré
que vous n'eûtes jamais peur.

— Plût à Dieu que Mademoiselle eût quelquefois eu peur du canon ! murmura la princesse
Palatine à l'oreille de la duchesse d'Usez.

— Si fait bien, j'ai eu grand peur cette fois,
reprit Mademoiselle, et il est bien permis de
craindre les revenants, surtout quand ils font un
tapage épouvantable.

— Mais qu'est-ce donc que ce chasseur noir ?
demanda la princesse de Conti au duc d'Orléans.

— Les bonnes gens prétendent, Madame,
que c'est l'ombre du comte de Champagne,

Thibaud le Tricheur, qui jadis, au treizième siècle je crois, avait accoutumé de chasser par ici. On l'entend passer la nuit, en grand arroi, et les fanfares, les cris et les aboiements de ses piqueurs et de ses chiens font retentir toute la forêt, mais personne ne l'a jamais vu.

— Je le crois aisément, dit la princesse Palatine en riant : il y a d'excellentes raisons pour cela.

— Je ne sais si personne n'a rien vu, reprit Mademoiselle d'un ton piqué, mais moi, j'ai entendu, et mon témoignage, je pense, est pour appuyer celui des bonnes gens.

— Assurément, ma cousine, dit Louis XIV : et je souhaite fort que le chasseur noir soit assez courtois pour nous régaler cette nuit d'un tapage infernal. Ce serait très amusant. Qui m'aime me suive : je vais m'installer sur la terrasse et attendre le chasseur noir.

A ce moment un éclair éblouissant fit pâlir les bougies, et, deux ou trois secondes après, un formidable coup de tonnerre résonna dans tout le château. Les femmes se signèrent.

— L'orage se rapproche, dit la Reine, ne faites pas d'imprudence, mon fils. Les lieux éle-vés attirent la foudre. Venez plutôt à la chapelle avec moi.

— Je vous y rejoindrai, Madame, mais, avec votre permission, je vais me promener aux alen-tours du château pendant une demi-heure. Venez vous avec moi, ma cousine?

— Certainement, mais à la condition que nous resterons tout auprès, afin de rentrer aux premières gouttes d'eau. Je ne me soucie point de m'enrhumer.

— Ni moi non plus, dit la princesse Palatine, et encore moins d'être foudroyée; je reste avec la Reine.

Toute la jeunesse suivit le Roi et Mademoi-selle. Gaston d'Orléans, prétextant une grande fatigue, demanda et obtint la permission de se retirer. En passant près de sa fille, il lui dit à voix basse : — Demain matin, j'irai vous parler dans votre chambre.

— Je suis aux ordres de Votre Altesse Royale, répondit froidement Mademoiselle. Depuis les procès qu'elle avait eus avec son père, elle lui tenait rigueur et ne s'en cachait point.

Tandis que le jeune Roi, entouré d'une vingtaine de personnes de fort belle humeur, se promenait le long des fossés du château en regardant le combat que se livraient au ciel le clair de lune, les nuages, la lueur des éclairs, les ténèbres et les vents déchaînés, un très jeune et agréable cavalier nommé le comte de Charny, qui faisait partie de la suite de Mademoiselle, et lui était, dit-on, fort proche parent du côté gauche, emmenait deux pages de Gaston à l'écart, et leur proposait une espièglerie qui parut leur agréer très fort. Ils s'éclipsèrent, se rendirent au chenil et on ne les vit plus jusqu'au lendemain.

L'orage s'était éloigné. Tout-à-coup le vent changea brusquement : les nuages revinrent cacher la lune, et le tonnerre recommença de plus belle à éveiller les échos de Chambord.

— Rentrons, Sire, dit Mademoiselle. Pour sûr il va pleuvoir.

— Ecoutez, ma cousine, écoutez, j'entends

sonner du cor là-bas, Serait-ce le noir chasseur?

On prêta l'oreille : de lointaines fanfares, des
abois, des cris perçants de Tayaut, Tayaut! retentissaient dans la forêt.

Les dames pâlirent, et plusieurs d'entr'elles
se seraient évanouies s'il y avait eu là des fau-
teuils, mais on était sur l'escarpe du fossé, et
elles aimèrent mieux s'enfuir vers le château en
criant comme des folles.

Mademoiselle fit bonne contenance et le Roi
s'écria : — Venez avec moi, belle cousine, allons au-devant du chasseur noir!

Ils firent une dizaine de pas vers la forêt, mais
à ce moment les nuages crevèrent, une pluie tor-
rentielle tomba, et le Roi et Mademoiselle eurent
beau courir à toutes jambes, ils ne rentrèrent
au château que trempés jusqu'à la chemise.

Après une soirée si agitée, les hôtes de
Chambord avaient grand besoin de repos. Vers
deux heures du matin les dernières lumières
s'éteignirent, et un profond silence régna dans
le château.

Gaston d'Orléans ne pouvait s'endormir. La fatigue, l'orage et l'inquiétude lui donnaient la fièvre : il avait fait appeler vers minuit ses deux médecins, Abel Brunyer et James Morrisson. Tous deux lui prescrivirent une potion calmante. Il fallut éveiller Marchand, l'apothicaire du prince pour la préparer, et toutes ces allées et venues se prolongèrent jusqu'à deux heures. La potion prise, Gaston renvoya ses gens, et crut qu'il allait dormir, mais, soit que l'apothicaire se fût trompé de dose, soit que les docteurs se fussent mal expliqués, Gaston rêva tout éveillé, et rêva les choses les plus désobligeantes du monde. Il revit ses amis, ses alliés d'autrefois abandonnés par lui aux cruelles justices du Cardinal de Richelieu. Les ombres plaintives et ensanglantées du comte de Chalais, d'Henri de Montmorency et de Cinq-Mars, lui semblaient errer autour de sa couche en lui reprochant de les avoir entraînées à trahir leur pays. Il revoyait les agitations stériles de la Fronde, il entendait les reproches de sa fille réclamant l'héritage maternel et se plaignant de n'avoir jamais trouvé près de son père les conseils et l'appui qui eussent assuré son établissement.

En vain essayait-il d'écarter ces sombres préoccupations. En vain s'efforçait-il de songer à son beau château de Blois, aux collections précieuses qu'il y avait rassemblées, — la pensée du prochain avenir où il devrait quitter toutes ces richesses, sans avoir d'héritier de son nom à qui les transmettre, cette pensée le consternait, et ces paroles qu'il devait quelques mois plus tard prononcer en mourant, erraient déjà sur ses lèvres : *Domus mea, domus desolationis in æternum.* — Il se sentait malade, vieilli ; pas une de ses filles n'était pourvue. Que deviendraient-elles, livrées à la tutelle d'une mère absolument incapable?

Le pauvre prince excédé de ces rêveries, se leva sans bruit, et, voyant que le jour allait bientôt paraître, s'habilla à demi, passa une robe de chambre, et, sortant de son appartement, alla chercher un peu d'air et de fraîcheur dans le grand escalier à double vis du château. Les premières lueurs de l'aube répandaient une teinte rosée sur les marches et les parois de pierre blanche, et le cri des hirondelles saluait le ur naissant.

Gaston se rappela le premier séjour que sa fille aînée avait fait à Chambord en 1637, et le plaisir qu'elle prenait à monter et à descendre en courant ce bel escalier sans pouvoir rejoindre son père qui l'appelait en montant et descendant de même l'escalier contigü, et se montrait à elle à travers les à-jours de la double vis. — En ce temps-là, se disait-il, ma fille m'aimait, et elle me promettait d'aimer la princesse Marguerite comme une seconde mère. Tout a bien changé depuis. Qui sait pourtant, si notre amitié d'autrefois ne pourrait pas se ranimer?

Sans attendre à plus tard il se résolut d'aller voir sa fille, et, montant à l'étage supérieur, s'en alla frapper à la porte de l'appartement de Mademoiselle. Une fille de garde-robe, à demi éveillée, lui ouvrit, et le Duc d'Orléans entra dans la chambre où reposait sur un lit somptueux l'héroïne de la Fronde.

Une bougie, placée dans une coupe à moitié

pleine d'eau, éclairait faiblement, et les volets
intérieurs, fermés avec soin, laissaient à peine
filtrer quelques minces rayons de lumière.

Le Duc s'approcha du lit et prit la main de
sa fille. Mademoiselle tressaillit, s'éveilla et parut fort étonnée.

— « Ma fille, dit Gaston en s'asseyant sur le
pied du lit, je crois que vous ne serez pas fâchée
que je vous aie éveillée, puisque je n'aurai pas
le temps de vous voir tantôt. Vous allez faire un
grand et long voyage. Quoique l'on dise, la paix
n'est pas si aisée à faire que l'on croit, et peut-
être ne se fera-t-elle pas ; ainsi votre voyage sera
plus long que l'on ne dit. Je suis vieux et usé ;
je puis mourir en votre absence. Si je meurs, je
vous recommande vos sœurs. Je sais bien que
vous n'aimez pas Madame et qu'elle n'a pas eu
envers vous toute la conduite qu'elle aurait dû
avoir. Ses enfants n'en peuvent mais : pour
l'amour de moi, ayez-en soin. Elles auront fort
besoin de vous, parce que Madame ne leur sera
pas d'un grand secours (1).

1. *Mémoires de Mademoiselle de Montpensier.*

La princesse, qui, au fond, avait le cœur bon, fut émue de voir son père s'humilier ainsi devant elle. Les larmes lui vinrent aux yeux, et elle l'assura, en l'embrassant fort tendrement, qu'elle n'oublierait jamais ses recommandations et se conduirait avec la duchesse d'Orléans et ses filles comme il le souhaitait. Ils s'embrassèrent une seconde fois et le Duc s'en retourna chez lui.

Quant à Mademoiselle, chez qui les émotions étaient aussi passagères que vives, elle se rendormit profondément. « Si je ne me fusse très bien souvenue de cette circonstance, écrit-elle dans ses mémoires, j'aurais cru d'avoir songé, lorsque je pensais à tout ce qui s'était passé auparavant (1). »

Vers neuf heures le Roi se leva et toute la cour s'apprêta pour le départ. Le Roi voulut monter à cheval et visiter la partie de la forêt où l'on avait entendu sonner du cor la nuit précédente. Quelques branches brisées par l'orage

1. *Mémoires de Mademoiselle de Montpensier.*

jonchaient les chemins. On ne manqua pas d'attribuer ces dégâts au passage du chasseur noir, et le comte de Charny fit remarquer à Louis XIV que le gazon d'une certaine petite clairière était très piétiné et semé de charbons et de cendres.

— Le diable est venu là faire des carbonades pour sûr, dit-il; en cherchant bien, on trouverait l'empreinte de ses pieds fourchus.

Un jeune garde forestier, riant sous cape, dit à un de ses camarades : — Ne serait-ce pas plutôt la trace de notre « feuillée » de l'autre soir, Hubert? N'est-ce pas là que nous fîmes rôtir ce cuisseau de chevreuil tandis que le bon Duc était allé se promener à Blois? — Chut, Martin! dit Hubert. Laissons le diable et le chasseur noir faire peur aux gens. Cela nous permettra bien d'autres fredaines.

— Que savez-vous du chasseur noir? demanda Louis XIV à Martin.

— Ah, Sire, pas grand chose. On l'entend souvent, la nuit. Il part du château de Bury et va faire halte à Monfraud. Puis il repart, menant grand bruit. Je l'ai entendu plus d'une fois dans les nuits d'orage ; je n'ai rien vu. Mais mon grand père l'a vu, et mon arrière grand-père aussi. Quant à la dame blanche de Bury, je l'ai vue comme je vois Votre Majesté, une nuit de Noël, qu'il neigeait fort et que nous avions fait le réveillon chez le garde qui loge au château de Bury.

— Comment est-elle faite ? demanda le Roi.

— Dame, comme une statue de neige, mais elle marchait sur les créneaux.

— Lui avez-vous parlé ?

— Ah, que nenni ! je me suis hâté de rentrer chez le garde : mes dents claquaient de frayeur, et pour me remettre, il m'a fallu boire... Dieu sait !

— Poltron ! dit le Roi, et hier soir, avez-vous entendu la chasse du comte Thibaud?

— Oui, Sire, fort bien, mais c'est si fréquent en cette saison qu'on n'y fait plus attention.

— J'ai envie d'aller ce soir à Bury pour voir la dame blanche, dit le Roi.

— Sa Majesté prendrait une peine inutile, dit le comte de Charny : la dame blanche ne se

8..

montre que dans les nuits d'hiver. Les revenants
ont des habitudes régulières en ce pays-ci. N'est-
ce pas, Martin?

— C'est la vérité pure, monsieur, tellement
que le chasseur noir ne chasse jamais du temps
que les perdrix couvent.

La grosse cloche du château sonna : c'était
le signal du déjeuner. Le Roi tourna bride et revint à Chambord.

VII

LOUIS XIV A BLOIS

> Il nous fit bonne et grande chère
> Nous donnant à son ordinaire,
> Tout ce que Blois a de friand.
> VOYAGE DE CHAPELLE ET BACHAU-
> MONT.

Tandis que la famille royale s'apprêtait à quitter Chambord, toutes les femmes du château de
Blois s'occupaient de leur toilette, et Marjolaine, appelée près de Mlle d'Orléans, joignait

ses instances à celles de Mme de Raré, pour décider la jeune princesse à se laisser coiffer.

— A quoi bon? disait Mademoiselle d'Orléans. Le Roi ne veut pas m'épouser: j'ai la figure enflée, je suis laide, on se moquera de moi. J'aime mieux faire semblant d'être malade et garder la chambre comme Madame.

— Si Votre Altesse ne s'était pas obstinée à se promener jusqu'à minuit sur la terrasse, dit Mme de Raré, elle n'aurait pas été piquée des cousins. Mais ces piqûres ne paraissent déjà plus, grâce à l'eau de rose de Marjolaine, et Votre Altesse est trop jolie pour que ce petit accident réussisse à la défigurer. En faisant descendre un peu les boucles de vos cheveux sur votre front, en remontant la dentelle de votre collet, nous cacherons les marques les plus grosses. Vous ne pouvez vous dispenser de recevoir Leurs Majestés.

— Elles se soucient bien de moi, en vérité! Le Roi et la Reine ne pensent qu'à l'Infante.

— L'Infante n'est pas encore promise au Roi,

mademoiselle. Qui sait ce que l'avenir vous prépare?

— L'avenir! Ah, je le connais bien! s'écria la princesse; et elle fondit en larmes.

Impatientée, Mme de Raré passa dans la chambre de Mlle d'Alençon. Elle la trouva se parant avec soin, et fort occupée de faire ajuster à son corps de jupe une garniture de dentelles destinée à dissimuler ses épaules contrefaites. La jolie petite Françoise de Valois, déjà tout habillée de taffetas couleur de rose, papillonnait autour de sa sœur en disant mille folies. Mlles de Saint-Remy, de Raré, de Montalais et de la Morandière s'exerçaient à jouer de l'éventail et à faire des révérences, tandis que Mlle de La Vallière, assise dans l'embrasure d'une fenêtre, terminait à la hâte une robe de soie blanche qu'elle s'était faite elle-même. Ses beaux cheveux, arrangés de la façon la plus simple « à l'angélique » comme on disait alors, n'étaient ornés que d'un fil de perles de Venise d'une blancheur parfaite.

Mme de Raré, ne trouvant là personne à gronder, retourna bientôt vers Mlle d'Orléans qu'elle trouva toute consolée. Marjolaine la coiffait et mêlait des œillets blancs et des rubans incarnat aux boucles brunes de la jeune princesse, qui commençait à sourire à son miroir.

Ce que voyant la gouvernante s'en alla mettre un grand habit de gros de Tours vert émeraude, garni de campanes d'argent, s'attifa, se frisa, se farda, et, de raisonnablement laide qu'elle était, réussit en moins de deux petites heures à se rendre effroyable.

Vers midi le son des cloches et le bruit du canon annoncèrent l'arrivée du Roi. Il traversa rapidement la ville encombrée de peuple, et aux cris mille fois répétés de Vive le Roi, Vive la Reine, Vive Monsieur! la famille royale monta au château. Gaston aida la Reine à descendre de carrosse et lui présenta ses filles, venues toutes trois au bas du grand escalier et entourées d'une centaine de dames et demoiselles en grande parure. La Reine embrassa ses jeunes nièces et fit compliment de leur beauté au duc d'Orléans. Le Roi suivit l'exemple d'Anne d'Autriche, mais tout en parlant des princesses, il ne les regardait

8...

point. Ses yeux étaient captivés par le charmant visage de Mlle de La Vallière. Seule vêtue de blanc parmi ses compagnes et placée un peu haut sur l'escalier, elle semblait un ange prêt à s'envoler.

Toute la compagnie se rendit à la chapelle, puis dans les appartements du château neuf où un festin magnifique était servi. On voulut ensuite danser, et Gaston ayant vanté les talents de ses filles, Anne d'Autriche les pria d'ouvrir le bal. Mais les jeunes princesses, intimidées, dansèrent fort mal, et la petite de Valois qui, d'ordinaire, causait à étourdir les gens, ne voulut pas dire un mot.

— Il fait vraiment trop chaud pour danser, dit le Roi : si nous allions au jardin?

— Allons-y, dit Gaston, mais nous trouverions encore plus de fraîcheur à la bibliothèque, et mes collections d'estampes et de médailles intéresseraient certainement le Roi.

— Ce sera pour une autre fois, dit Louis XIV. J'aime mieux prendre l'air, si la Reine le permet.

— Allez, mon fils : nous allons jouer à la bête. Vous savez que je désire partir à sept heures précises.

Le Roi courut presque vers les jardins : il fut suivi par ses menins et Charny. Mademoiselle, ses sœurs et leur gouvernante marchaient à quelque distance du Roi. Mademoiselle regardait dédaigneusement les jeunes princesses et se mit à quereller Mme de Raré sur leur ajustement.

— Je trouve étrange, lui dit-elle, que ces petites personnes soient habillées de la sorte. Il y a plus de trois ans que l'on ne porte plus de robes tailladées comme cela. Il faudra que je vous envoie une coiffeuse de Paris. C'est pitié de voir d'aussi jeunes princesses coiffées comme des mère-grands.

— Et vous, ma sœur, dit Mlle d'Alençon, vous êtes coiffée comme une jouvencelle de quinze ans. Cela vous rajeunit. Est-il vrai que vous en ayez trente-six ?

— Petite sotte ! s'écria Mademoiselle en rougissant de colère : où avez-vous pris cette impertinence ?

— Dans un viel almanach, ma sœur.

— Je conseillerai à Monsieur de vous faire apprendre à lire, et surtout à vous taire, dit Mademoiselle, et tournant le dos à ses sœurs elle traversa rapidement le jardin et alla rejoindre le Roi.

Louis XIV ayant aperçu de loin le bon homme Boisjoli, qui arrosait à l'ombre un massif de reines marguerites, s'approcha du vieux jardinier et lui fit compliment de la beauté des parterres de Blois.

— Ah Sire ! dit Boisjoli, ce n'est pas merveille si tout vient bien ici. Monsieur n'épargne rien pour améliorer la terre et faire venir des plantes de tous les pays du monde. Avez-vous vu les pommes de terre ? C'est une racine bien précieuse pour nourrir les porcs, sauf votre respect. Nous cultivons aussi le tabac. Depuis cinq ans seulement, Monsieur a enrichi ses jardins de trois cent soixante plantes nouvelles, entre autres les tomates du Mexique. Mais Votre Majesté préfère peut-être les fleurs aux plantes potagères. Nous avons dix-huit espèces de roses.

— J'aime encore mieux les fruits, mon ami. Les prunes de Reine Claude et les prunes de Monsieur sont exquises. Montrez-moi donc vos pruniers.

Tout fier et tout heureux, le vieux jardinier conduisit le Roi dans le verger. Quelques courtisans les suivirent, et Mademoiselle les rejoignit, accompagnée de ses deux dames d'honneur, Mlle de Vandy et Mme de Montglat.

Deux jeunes filles étaient assises près de l'entrée du verger. Elles se levèrent à l'approche du Roi, qui. les saluant avec grâce, les pria de ne pas se déranger.

— Comment se nomment ces belles demoiselles? demanda-t-il à demi voix au jardinier.

— La blonde s'appelle Mlle de La Vallière, Sire : l'autre n'est pas née demoiselle. C'est ma fille à moi, Marjolaine, que je vas bientôt marier.

— Je vous en fait mon compliment, bonhomme. Elle est belle comme le jour. Tenez, voilà pour lui acheter ses habits de noces.

Il donna quelques pièces d'or au jardinier, admira fort les pruniers, goûta leurs fruits, et se-

rait volontiers resté longtemps dans un verger
où l'on cueillait de si bonnes prunes et où l'on
voyait de si jolies personnes, si un messager de
la Reine n'était venu lui rappeler que l'heure du
départ allait sonner.

Un page de Gaston d'Orléans était venu cinq
minutes auparavant avertir Mademoiselle.

Le Roi prit congé de Monsieur et des princesses, la Reine monta en carrosse avec Mademoiselle, et bientôt après voitures et cavaliers
s'éloignant au bruit des acclamations, quittèrent
la bonne ville de Blois.

Le duc d'Orléans parut fort content du départ
de ses hôtes. Il fit atteler son carrosse et proposa
aux princesses de les ramener le soir même à
Chambord. Elles acceptèrent avec empressement l'offre de leur père, et se hâtèrent d'aller
se débarrasser de leurs habits de gala.

Marjolaine et Mlle de La Vallière aidaient Mademoiselle d'Orléans à changer de toilette.
Mlle de La Vallière était tout en larmes.

— Qu'avez-vous à pleurer ainsi ? lui demanda
Mademoiselle d'Orléans.

— Hélas, princesse, j'espérais que vous épou-
seriez le Roi.

— Moi aussi, La Vallière, mais on ne peut
vaincre sa destinée. Allons, essuyez vos yeux.
Le Roi n'est pas si aimable, après tout, que je le
doive regretter. Ses portraits le flattent beaucoup. Il a l'air dur et moqueur.

— Oh non, Mademoiselle. Si Votre Altesse
l'avait entendu parler au vieux Boisjoli, elle ne
dirait pas cela.

— Il a été aimable avec le jardinier ? quelle
fantaisie ! Il eût mieux fait de l'être avec nous.
Que lui disait-il, à ce vieux bonhomme ?

— Mille biens de sa fille et des jardins
de Blois, Mademoiselle. Sa Majesté a même
demandé à Monsieur de lui envoyer Boisjoli
et Calais l'année prochaine pour ajuster les
parterres de Saint-Germain comme ceux de
Blois.

— Qu'ils y aillent. Cela m'est bien égal. Mais
je garderai Marjolaine pour femme de chambre
et je la marierai à un gentilhomme. N'est-ce pas,
Marjolaine ?

— Votre Altesse me comble, dit Marjolaine, en devenant rouge comme une cerise.

On frappait à la porte. C'était un page de Gaston.

— Monsieur est prêt à monter en carrosse, dit-il.

Et Mesdemoiselles d'Orléans, d'Alençon et de Valois mirent leurs écharpes et allèrent rejoindre le Duc d'Orléans.

VII

LE CHAPEAU DE LA MARIÉE

> Dieu qu'il fait bon la regarder.
> La gracieuse, bonne et belle !
> CHARLES D'ORLÉANS.

Quelques jours après tout était remis en ordre au château de Blois, et nulle trace visible n'y restait du rapide passage de la famille royale. Chacun avait repris ses habitudes, et les jardins toute leur silencieuse fraîcheur.

Un matin, Marjolaine tenant à la main une petite corbeille contenant un peloton de fil et des ciseaux, franchit le pont-levis joignant les terrasses au jardin haut ou jardin du Roi. C'était là qu'étaient placés quelques beaux orangers, encore en fleur, tandis que ceux des terrasses, mieux exposés, fleurissaient en juillet.

Marjolaine croyait trouver son père au jardin : ne le voyant pas, elle l'appela ; ce fut Calais qui lui répondit.

— Maître Boisjoli est descendu en ville pour acheter une serpette, dit-il, mais il ne tardera pas à revenir.

— C'est bien ennuyeux, dit Marjolaine, mais vous pourriez bien me donner ce que je venais lui demander, Calais. Ma cousine Pernette se marie à midi, et m'a priée de lui faire son chapeau de fleurs d'oranger ; cueillez-moi quelques belles branches en bouton, je vous prie.

— Tout de suite, mamselle, tout de suite !

Et le bon garçon se hâta tellement d'aller quérir une échelle double qu'il passa tout au travers d'une plate-bande.

9

Tandis qu'il choisissait et coupait de menues branches au sommet du plus beau de tous les orangers, Marjolaine cueillait quelques roses blanches et quelques brins de myrte pour compléter la parure de Pernette.

— Qui donc épouse votre cousine ? demanda Calais.

— Vous ne le saviez pas ! Hé, c'est Jean Laumer, le fils du syndic des merciers, un brave garçon, fort accommodé.

— Jean Laumer est bien heureux ! fit Calais en soupirant. Ah, mamselle Marjolaine, si vous vouliez !

— Ce que je veux, ce sont mes fleurs, et vite, vite ! Songez donc ! Il est bientôt neuf heures, j'ai ce chapeau et ce bouquet à faire, puis il faut que je m'habille. Heureusement que j'ai fait déjeûner mon père et que je me suis coiffée, sans cela je n'arriverais pas à temps.

— C'est donc ça que vous êtes si bien coiffée ! dit Calais en descendant de son échelle. La mariée ne sera pas si belle que vous, j'en réponds ! Tenez, voici vos fleurs. Y en a-t-il assez ?

— Il y en a deux fois trop : merci, Calais !

Elle mit les fleurs dans sa corbeille et s'éloigna. Calais n'osa la suivre que des yeux. Il la vit entrer sous une tonnelle de charpente à l'Italienne, poser ses fleurs sur la table de marbre, s'asseoir et commencer son gracieux travail.

Calais, ne voulant pas paraître l'espionner, s'éloigna et se mit à arroser des lauriers.

Bientôt Marjolaine eut terminé la couronne : restait le bouquet. Elle vit qu'elle n'avait pas assez de roses et sortit de la tonnelle pour en aller cueillir. Les roses commençaient à devenir rares. Elle dut s'écarter d'une centaine de pas pour en trouver, et, lorsqu'elle revint, elle vit son père, debout près de la table, et qui regardait le chapeau de la mariée. Il était pâle et de grosses larmes coulaient sur ses joues hâlées.

— Mon bon père, s'écria Marjolaine, qu'avez-vous ? Est-il arrivé quelque malheur à nos princes ? Etes-vous malade ?

— Non point, petite, mais je regardais ces fleurs d'oranger, et ça me serrait le cœur. Vois-tu, ma fille, je me fais vieux, et j'aurais bien aimé avant de quitter ce monde, te voir appuyée au bras d'un bon mari. J'en connais un, tu le connais aussi, qui t'aime de tout son cœur, un qui est quasiment un fils pour moi, et depuis quinze ans travaille en ces jardins de Blois; mais tu n'en a pas voulu. Le Roi veut l'emmener d'ici : et, bien sûr, si tu ne le retiens, il partira. Marjolaine, penses-y bien. On t'a promis une couronne. Hélas, ma fille, la plus belle des couronnes n'est-elle pas celle-ci, couronne de vierge, couronne d'épousée ? Le bon Dieu te l'aura-t-il montrée en vain ? . . . . . Et voilà, Marjolaine, pourquoi je pleurais.

Marjolaine l'écoutait pensive et n'osait lever les yeux. Les folles chimères, si longtemps caressées dans son cœur, n'en voulaient point déloger sans combat. Elle se mit à pleurer.

— Marjolaine, dit Boisjoli, je ne te contraindrai pas, mon enfant : tu feras ce que tu voudras, mais... embrasse-moi !

Elle se jeta dans ses bras, et cachant son visage sur l'épaule de son vieux père, lui dit à voix basse :

— Je veux vous obéir, mon père ; et de bon cœur, et de bonne grâce. Dites-le à Calais. Ce sont vos mains qui tresseront ma couronne, et le bon Dieu la bénira.

IX

MARIE-THÉRÈSE

N'espérons plus, mon âme, aux promesses du monde.
Sa lumière est un verre et sa faveur une onde,
Que toujours quelque vent empêche de calmer.
                    MALHERBE.

L'année suivante Gaston d'Orléans mourut. Son domaine fut réuni à la couronne, ses collections apportées à Paris, et la duchesse d'Orléans et ses filles allèrent habiter le palais du Luxembourg. L'aînée des princesses épousa le grand duc de Toscane, et quelques années plus tard Mlle d'Alençon devint duchesse de Guise, et Mlle de Valois mourut à quinze ans duchesse de Savoie. Les constructions du château neuf restèrent inachevées, et le deuil et la solitude du château de Blois ne furent interrompus qu'en 1668. Cette année-là, le Roi qui était venu chasser à Chambord avec toute sa cour, voulut revoir Blois et y donna une fête magnifique. La Reine Marie-Thérèse y parut dans tout l'éclat de sa candide beauté, mais son bonheur n'était qu'apparent. Depuis la mort d'Anne d'Autriche, Louis XIV, n'étant plus retenu par le respect que lui inspirait sa mère, ne se contraignait plus, et la faveur de Mlle de La Vallière faisait d'elle comme une seconde Reine. Mais elle n'était pas plus heureuse que l'épouse dont elle usurpait les droits. Ame délicate et fière, toute faible qu'elle fût, Françoise de La Vallière dès qu'elle était seule, regrettait amèrement sa chûte, et pleurait en demandant pardon à Dieu.

Ce retour à Blois avait réveillé tous les souvenirs de sa première jeunesse. Elle souhaita revoir Marjolaine, et la fit demander un matin, tandis que Louis XIV était à la chasse.

Marjolaine, qui avait évité avec soin de rencontrer Mlle de La Vallière, reçut son messager

très froidement, le pria d'attendre, et alla consulter son père et son mari.

— Je dois tout à l'heure porter à la Reine un
bouquet que Sa Majesté m'a commandé, dit-elle :
ce serait beau, vraiment, que je fisse attendre la
Reine pour obéir à une favorite !

— A Dieu ne plaise ! dit Boisjoli : arrive qui
plante, je ne veux point que tu ailles chez cette
pécheresse. N'est-ce pas votre avis, Calais?

— Certes oui, mon père. Il faut que Marjolaine dise qu'elle est de service chez la Reine.

Marjolaine donna cette réponse au messager
de Mlle de La Vallière, et se rendit chez la Reine,
chargée d'un gros bouquet d'œillets de Hollande.

Marie-Thérèse était à sa toilette, entourée de
vingt dames en grand habit. Elle se leva et passa
dans un petit salon en faisant signe à la senora
Molina et à Marjolaine de la suivre.

— Fermez la porte, Molina, dit-elle en s'asseyant. Personne ne nous écoute, n'est-ce pas?
ajouta-t-elle d'un air inquiet en parcourant des
yeux toute la chambre.

— Personne, Madame, soyez tranquille.

— Donnez-moi ces fleurs, Marjolaine : vous habitez Blois depuis longtemps, n'est-ce pas?

— Je suis née au château, Madame, et je ne l'ai jámais quitté.

— Est-il vrai qu'il y a ici une sybille, une devineresse?

— C'était encore vrai il y a huit jours, Madame, mais cette pauvre créature est morte. Je lui avais conduit M. le Curé de Saint-Sauveur. Il l'a confessée, et l'a fait mettre en terre bénite, ce qui a étonné bien des gens. On la disait sorcière, mais elle a bien fini.

— Est-il vrai qu'elle prédisait l'avenir !

— Oui, Madame, et, jusqu'à présent, pas une de ses prophéties ne s'est trouvée fausse. Elle avait fort bien prédit à Mademoiselle d'Orléans qu'elle serait souveraine en Italie.

— Et à vous, qu'avait-elle prédit?

— Que je porterais une belle couronne et que je serais heureuse comme une Reine. Quand j'étais enfant, je croyais que je deviendrais pour le moins comtesse, mais mon père m'a expliqué que les filles de jardinier n'étaient pas du bois dont on fait les comtesses, et que la couronne qu'il me fallait, c'était la couronne de mariée. Et je l'ai cueillie dans les jardins de Blois, Madame, et je n'ai pas regretté un seul jour de l'avoir choisie. J'ai un si bon mari, et quatre petits gars si gentils ! Ils m'aiment tant !

— Que Dieu vous garde ce bonheur ! dit la Reine. Elle tenait son bouquet d'œillets, et le regardait la tête baissée. Une larme tomba sur les fleurs ; la Reine garda le silence quelques instants. Puis, regardant Marjolaine comme si elle eût voulu lire dans sa pensée, elle dit :

— Cette sybille a fait une autre prédiction. Qu'a-t-elle dit à une demoiselle des princesses d'Orléans, je veux le savoir. Est-il vrai qu'elle lui a prédit qu'elle serait aimée d'un.... La Reine ne put achever, et détourna la tête.

Dona Molina leva les mains au ciel et murmura quelques mots en espagnol.

— La devineresse, Madame, a prédit à Mlle de La Vallière qu'elle ferait l'étonnement du monde, qu'elle serait comblée de richesses et d'hommages, mais qu'elle ne trouverait la paix qu'au Carmel.

— Au Carmel ! s'écria la Reine : ah, plût à Dieu qu'elle y fût, la pauvre enfant ! Elle me fait bien pleurer, et pourtant je ne saurais la haïr. Qui peut résister au Roi ? — Mais, la sybille ne lui a-t-elle dit que cela ? Je veux tout savoir.

— Rien autre, Madame. J'étais présente, et je n'ai rien oublié. Il me semble que c'était hier.

— C'est bien, dit Marie-Thérèse. Ne dites mot de notre conversation à personne, je vous le défends. Tenez, voici pour vos enfants.

Elle mit une petite bourse dans la main de Marjolaine et fit signe à la Molina de l'emmener.

En traversant le palier du grand escalier, Marjolaine rencontra Mlle de La Vallière qui se rendait chez la Reine, et, se rangeant pour la laisser passer, Marjolaine lui fit une révérence sans lever les yeux.

Françoise de La Vallière sourit tristement, et s'approcha d'elle.

— Vous avez refusé de venir me voir, Marjolaine, lui dit-elle à voix basse et très vite : je

vous en remercie. C'est le premier affront que
je reçois : que Dieu en soit béni ! en l'acceptant,
en venant à vous, je fais un pas vers le Carmel,
un pas vers le salut. Priez pour moi. Adieu.

Et, sans laisser à Marjolaine le temps de lui
dire un seul mot, elle s'éloigna rapidement.

Marjolaine retourna dans la petite maison du
jardinier, et, s'approchant de la fenêtre de sa
chambre, vit dans le parterre de la Reine Calais
et Boisjoli occupés à tailler les ifs tout en sur-
veillant les enfants. Les trois aînés munis de
légers arrosoirs, allaient et venaient de la fontaine
aux plates-bandes fleuries, et le tout petit, joli
blondin qui ne marchait pas encore, assis sur le
sable, effeuillait une rose que son grand père venait de lui donner. Tous quatre gais et vermeils,
babillaient comme des oiseaux.

Leur mère les regarda quelques instants en
souriant, puis, songeant aux angoisses dont elle
venait d'être le témoin, et comparant son sort à

celui de la Reine et de Françoise de La Vallière, elle s'agenouilla, pria Dieu de rendre la paix à ces âmes désolées, et le remercia de lui avoir donné en partage l'humble condition où le travail est le gardien de la sagesse et du bonheur.

NOTES JUSTIFICATIVES

I

LE MEURTRE DE MONALDESCHI

« Environ ce temps là, la reine de Suède, sans
être souhaitée, et quasi malgré le Roi, vint faire un
second voyage en France, qui ne lui réussit pas si
bien que le premier. Elle fut contrainte, par l'ordre
qu'elle en reçut, de s'arrêter à Fontainebleau où elle
s'ennuya beaucoup, car peu de personnes la vinrent
visiter ; et son voyage, sans précaution et sans sûreté
d'être bien reçue, eut la destinée des actions impru-
dentes, qui, d'ordinaire, apportent du chagrin. Cette
princesse ne se contenta pas de montrer qu'elle se
laissait aller à toutes ses fantaisies sans trop de ré-
flexion. Elle fit voir encore qu'elle avait beaucoup
de cruauté, et qu'ainsi ses vices et ses défauts éga-

laient du moins ses vertus. Elle fit massacrer à ses
yeux et dans Fontainebleau, un homme qui lui avait
déplu ; et voici quelle fut sa conduite pour cette belle
action. Elle envoya quérir le père Mathurin de la
Chapelle ; elle lui donna à serrer un paquet de lettres;
puis, ayant donné ses ordres, elle fit appeler un
nommé Monaldeschi, gentilhomme qui était à elle ;
et l'ayant mené dans la galerie des Cerfs proche de
sa chambre, lui dit qu'il l'avait trahie, et qu'il fallait
qu'il en fût puni. Sur ce qu'il nia la chose, le père
Mathurin qu'elle avait envoyé quérir entra ; et lui
ayant demandé ses lettres, elle les montra à cet
homme : dont il demeura surpris. Alors il se jeta à
ses pieds et lui demanda pardon. Elle lui dit qu'il
était un traître, et qu'il ne méritait pas de grâce ; et
ayant dit au père de le confesser, elles les quitta
tous deux pour rentrer dans son appartement, d'où
elle envoya dans la galerie Sentinelli, son capitaine
des gardes, qui avait ordre de faire l'exécution. Il
était frère d'un Sentinelli, favori de cette princesse,
et Monaldeschi, à ce qu'on disait, par jalousie, l'avait
accusé faussement de beaucoup de crimes ; mais
nul n'a été bien instruit de la vérité de cette histoire ; c'est
pourquoi je ne puis parler que de l'action, et point
de sa cause. Monaldeschi refusa longtemps de se

confesser, demanda pardon à son bourreau Sentinelli, et le pria d'aller de sa part implorer la miséricorde de la Reine leur maîtresse : ce qu'il fit ; mais
il ne put rien obtenir qu'une confirmation de son
premier arrêt. Elle se moqua du criminel de ce qu'il
avait peur de la mort, l'appela poltron, et dit à son
capitaine des gardes : « Allez, il faut qu'il meure ; et
afin de l'obliger à se confesser, blessez-le. » Sentinelli revint annoncer à ce misérable l'arrêt définitif
de sa mort, et en même temps lūi voulut donner
quelque coup d'épée ; mais il trouva qu'il était armé
sous son pourpoint, si bien que l'épée ne put le
blesser qu'au bras dont il para le coup. Il en reçut
encore un à la tête ; et comme il se vit baigné dans
son sang, alors il se confessa à ce père Mathurin,
qui était aussi effrayé que son pénitent. Le père,
après l'avoir confessé, alla se jeter aux pieds de cette
Reine impitoyable, qui le refusa de nouveau. Enfin
Sentinelli lui passa son épée au travers de la gorge,
et la lui coupa à force de le chicoter. Quand il fut
expiré, on prit son corps, et on l'emporta enterrer
sans bruit. Cette barbare princesse, après une action
aussi cruelle que celle-là, demeura dans sa chambre
à rire et à causer, aussi tranquillement que si elle eût
fait une chose indifférente ou fort louable.

· La Reine mère, toute chrétienne, qui avait eu tant d'ennemis qu'elle aurait pu faire punir, et qui n'avaient reçu d'elle que des marques de sa bonté, en fut scandalisée. Le Roi et Monsieur la blâmèrent ; et le ministre, qui n'était point cruel, en fut étonné.

Enfin toute la cour eut horreur d'une si laide vengeance, et ceux qui avaient tant estimé cette Reine furent honteux de lui avoir donné des louanges ; mais ce ne fut pas sans se moquer du pauvre mort, qui n'avait pas eu le courage ni de se sauver ni de se défendre, et d'avoir eu contre cet accident une précaution si inutile, car du moins il devait avoir un poignard et s'en servir avec valeur. »

(Collection des Mémoires pour servir à l'Histoire de France, tome 10, mémoires de Madame de Motteville, page 462.)

II

L'ERMITAGE DE FRANCHARD

« Quand j'eus achevé de me baigner, j'allai à Fontainebleau où on me témoigna être fort aise de me voir. Monsieur donna une collation à un ermitage qui s'apelle Franchard, où les vingt-quatre violons étaient. On y alla à cheval et habillé de couleur. La comtesse de Soissons, qui était grosse, y alla en carrosse. Quand on y fut arrivé, il lui prit une fantaisie de s'aller promener dans les rochers les plus incommodes du monde, et où je crois qu'il n'avait jamais été que des chèvres. Pour moi, je demeurai dans un cabinet du jardin de l'ermite à les regarder monter et descendre. Monsieur et beaucoup de dames qui y étaient demeurèrent avec moi. Le Roi envoya quérir les violons, et ensuite nous manda de l'aller trouver. Il fallut obéir : ce ne fut pas sans peine : on en eut assez à s'y résoudre et à faire ce chemin, puis un moment après il fallut s'en revenir ; je m'étonne que personne ne se blessa. On courut le plus grand risque du monde de se rompre bras et jambes et même de s'y casser la tête. Je crois que les bonnes prières de l'ermite nous conservèrent tous. Après souper on s'en retourna en calèche avec quantité de flambeaux. — Au retour l'on mit le feu à la forêt. Il y eut trois ou quatre arpents d'arbres brûlés. »

(Collection des mémoires pour servir à l'histoire de France, éd. 1838. Mémoires de Mademoiselle de Montpensier, page 300.)

III

MORESSE RELIGIEUSE A MORET

« On fut étonné à Fontainebleau cette année (1697)
qu'à peine la princesse (car elle ne fut mariée qu'au
retour), y fut arrivée, que madame de Maintenon
la fit aller à un petit couvent borgne de Moret, où le
lieu ne pouvait l'amuser, ni aucune des religieuses,
dont il n'y en avait pas une de connue. Elle y
retourna plusieurs fois pendant le voyage, et cela
réveilla la curiosité et les bruits. Madame de Maintenon y allait souvent de Fontainebleau, et à la fin
on s'y était accoutumé. Dans ce couvent était pro-
fesse une Moresse, inconnue à tout le monde, et qu'on
ne montrait à personne. Bontemps, premier valet de
chambre et gouverneur de Versailles, dont j'ai parlé,
par qui les choses du secret domestique du Roi passaient de tout temps, l'y avait mise toute jeune,
avait payé une dot qui ne se disait point, et de plus
continuait une grosse pension tous les ans. Il prenait exactement soin qu'elle eût son nécessaire et

tout ce qui peut passer pour abondance à une religieuse, et que tout ce qu'elle pouvait désirer de toute
espèce de douceurs lui fût fourni. La feue Reine y
allait souvent de Fontainebleau, et prenait grand
soin du bien-être du couvent, et madame de Maintenon après elle. Ni l'une ni l'autre ne prenaient pas
un soin direct de cette Moresse qui pût se remarquer,
mais elles n'y étaient pas moins attentives. Elles ne
la voyaient pas toutes les fois qu'elles y allaient,
mais souvent pourtant, et avec une grande attention
à sa santé, à sa conduite, et à celle de la supérieure
à son égard. Monseigneur y a été quelquefois et
les princes ses enfants une ou deux fois, et tous
ont demandé et vu la Moresse avec bonté. Elle était
là avec plus de considération que la personne la plus
connue et la plus distinguée, et se prévalait fort des
soins qu'on prenait d'elle et du mystère qu'on en
faisait ; et, quoiqu'elle vécût régulièrement, on s'a-
percevait bien que la vocation avait été aidée. Il lui
échappa une fois, entendant Monseigneur chasser
dans la forêt, de dire négligemment : « C'est mon
frère qui chasse. » On prétend qu'elle était fille du
Roi et de la Reine, que sa couleur l'avait fait cacher
et disparaître, et publier que la Reine avait fait une
fausse couche ; et beaucoup de gens de la cour en

étaient persuadés. Quoiqu'il en soit la chose est de-
meurée une énigme.

(Mémoires du duc de Saint-Simon, 1er v. page 500.
Paris, Hachette. 1873.)

IV

LOUIS XIV A BLOIS

« Mon père donna à dîner à Sa Majesté au château.
Mes sœurs vinrent au bas du degré recevoir Sa
Majesté. Par malheur, de certaines mouches qu'on
appelle cousins avaient mordu ma sœur, la nuit ;
comme ce qu'elle a de plus beau est le teint, elle
l'avait si gâté que c'était une pitié à voir. Cela pardessus le chagrin où elle était d'avoir cru épouser le
Roi, car on ne lui parlait d'autre chose : on l'appelait
toujours petite Reine ; et voir qu'il s'allait' marier
à une autre, tout cela ne donne pas des charmes.
Pour la petite de Valois, elle était fort jolie. On la
voulut faire danser... elle dansa fort mal, quoiqu'on
disait qu'elle dansait très-bien. La petite, que mon
père avait dit qui causait à étourdir les gens, et
qu'elle le divertissait extrêmement, ne voulut jamais

parler. Comme les officiers de mon père n'étaient plus à la mode; quelque magnifique que fût le repas, on ne le trouva pas bon et Leurs Majestés mangèrent très-peu. Toutes les dames de la cour de Blois, qui étaient en grand nombre, étaient habillées comme les mets du repas, point à la mode. La Reine avait une hâte de s'en aller, et le Roi, que je n'en vis jamais une pareille ; cela n'avait pas l'air obligeant. Mais je crois que mon père était de même de son côté, et qu'il fut bien aise d'être défait de nous. »

(Mémoires de Mademoiselle de Montpensier.)

ERRATA

Page 12, note, lisez : il a l'honneur d'être domestique du Roi.

Page 69, ligne 4, lisez : un trentain de messes.

TABLE

IMPRIMÉ

PAR

J. MERSCH

A

PARIS

OUVRAGES DU MÊME AUTEUR

LES NEIGES D'ANTAN, légendes et chroniques, par Mme Julie Lavergne.

1re Série. — L'hôpital des Bruges. — Fiordilino. — Le masque d'or. — Le clocher d'Harfleur. — Histoire d'une dentelle. — Une nuit pendant la Fronde. — Au clair de la lune. — Le mendiant de la reine. 1 vol. de IX-400 pages. Paris 1877, V. Palmé, éditeur.

2me Série. — Précédée d'une lettre de Mgr Mermillod, évêque d'Hébron, vicaire apostolique de Genève. — Geneviève Lesueur. — L'archiviste de Montbriant. — Hyacinthe Rigaud. — La Fontaine de Jouvence. — Gertrude Van Helmott. — Fantaisie tourangelle. — La fille du maître de Chapelle. — Gauthier de la Calprenède. — Dona Felippa. — La dernière Sonate. — Pierre Levieil. — La gloire d'Ypres. — La jeunesse de Joseph Vernet. — Épilogue : Les Fleurs d'Août. 1 vol. de III-395 pages. Paris, 1878, V. Palmé, éditeur.

LÉGENDES DE TRIANON, Versailles et Saint-Germain. — Au lecteur. — L'aurore. — Henriette de Laubespine. — Pauvre Jacques. — La dernière rose. — Le Vannier de Chèvreloup. — La belle Jardinière. — Brindille. — Louise de la Fayette. — Un pastel du roi Louis XIII. — Le coucher du soleil. — Le plafond d'Hercule. — L'ormeau. — Épilogue. 1 vol. de 406 pages. Paris, 1879, V. Palmé, éditeur.

MAITRE LÉONARD, chronique parisienne, in-18, Paris, Charavay frères, éditeurs.

ANNETTE DACIER, chronique parisienne, in-18, Paris, Charavay frères, éditeurs.

CHARAVAY FRÈRES, LIBRAIRES-ÉD..URS
RUE DE SEINE, 51, A PARIS

MAÎTRE LÉONARD, chronique parisienne, par Mme J.-O. Lavergne, in-18. . . . . 1 50

ANNETTE DACIER, chronique parisienne, par Mme J.-O. Lavergne, in-18. . . . . 1 25

ARCHIVES DES CORPORATIONS DES ARTS ET MÉTIERS, documents collationnés et réimprimés par les soins de Georges Claudius Lavergne.

Les trois premiers fascicules sont en vente.

Prix de chaque fascicule : sur papier de Hollande. 2 50

Sur papier vélin 1 50

COLLECTION CHOISIE

LUCILE DE CHATEAUBRIAND, SES CONTES, SES POÈMES ET SES LETTRES, précédés de sa Vie par Anatole France. 1 vol. in-16 jésus, sur papier de Hollande . . . . 6 »

Douze exemplaires sur papier de Chine. . . . 20 »

LETTRES GRECQUES DE MADAME CHÉNIER, précédées d'une étude sur sa vie, par Robert de Bonnières, illustrations par G. Dubufe fils. 1 vol. in-16 jésus . . . . 6 »

Douze exemplaires sur papier de Chine . . . 20 »

GIULIETTA ET ROMEO, NOUVELLE DE LUIGI DA PORTO, traduction, préface et notes, par Henry Cochin. 1 vol. in-16 jésus, orné de deux planches gravées, de reproductions d'œuvres d'art, de monuments, de paysages, etc. . . 10 »

Douze exemplaires sur papier de Chine . . . 25 »

JEAN D'ORLÉANS, COMTE D'ANGOULÊME, notice publiée avec des notes par Étienne Charavay. 1876. Brochure in-8°, imprimée sur papier de Hollande, tirée à 35 exempl. 3 »

ÉTUDE SUR LA CHASSE A L'OISEAU AU MOYEN AGE. Une fauconnerie princière et l'éducation des faucons, d'après des documents inédits du xive siècle et du xve, par Étienne Charavay, 1 vol. in-8°, imprimé avec titres et vignettes en rouge, sur papier de Hollande et tiré à 100 exemplaires numérotés. . . . . 10 »

JEAN LEMAIRE DE BELGES, INDICIAIRE DE MARGUERITE D'AUTRICHE, ET JEAN PERREAL, POURTRAICTEUR DE L'ÉGLISE DE BROU, documents inédits, publiés par Étienne Charavay. 1875. Brochure in-8°, imprimée sur papier de Hollande teinté, avec fac-similés. Tiré à 100 exemplaires. . . . 5 »

www.ingramcontent.com/pod-product-compliance
Lightning Source LLC
Chambersburg PA
CBHW070215030726
47505CB00006B/1688